내향인도
여행, 좋아합니다.

김신회

내향인의 도쿄

내향인의 도쿄

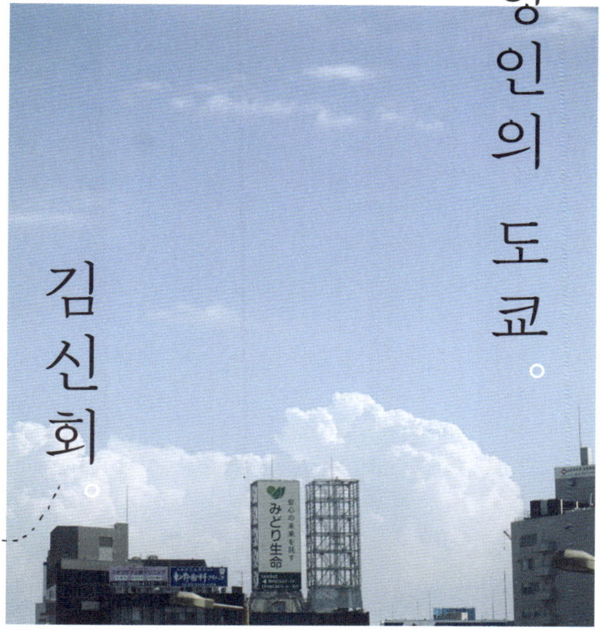

김신회

혼자 사는 사람에게도
혼자만의 시간이 필요하다

여름사람

일러두기

이 책은 국립국어원의 한글 맞춤법 규정을 따랐으나
일본어의 경우, 실제 발음에 가깝게 표기하였으며 농담, 입말 등
작가의 의도가 반영된 표현은 최대한 살리고자 했다.

요즘 같은 시대에는

작가도 유튜브를 해야 한다는 이야기를 자주 듣는다.

독자들도 종종 말한다. "유튜브 해 주세요."

하지만 나는 유튜브로 만들만 한 일상을 살지 않는다.

여행을 떠나서도 마찬가지다.

그래서 유튜브를 하는 대신,

유튜브 브이로그 같은 글을 써 보기로 했다.

(구)독자와 나란히 걸으며 여행하는 듯한 글을.

여행을 떠난 나에게는

혼자 조용히 밥 먹을 수 있는 식당이 필요하다.

멍 때릴 만한 카페와 공원이 필요하다.

음식을 싸 와서 늘어놓고 먹을 수 있는 숙소가 필요하다.

말수 적고 세심한 점원이 있는 가게가 필요하다.

American Apparel

느긋하게 산책하거나 달리고 싶은 길이 필요하다.

툭 하면 안으로 파고드는 내게는

좋아하는 것에도 실컷 파고들 수 있는 시간이 필요하다.

낯선 나라에서의 새로움보다

익숙한 도시에서의 아늑함이 좋은 사람.

특별한 누군가가 되기보다

군중 속 한 사람이 되는 게 편안한 사람.

나는 내향적인 여행자다.

나의 여행 이야기가 궁금한가요

。。。

책 세 권을 함께 만든 편집자와 카페에서 차를 마실 때, 불쑥 그가 말했다.

– 작가님의 여행 이야기가 궁금해요. 작가님의 여행 에세이, 읽고 싶어요.

여행 계획은 물론 새 책에 대한 계획도 없었지만 그날 밤 생각했다. 다음 책은 여행 에세이로 써 볼까. 단 한 사람이라도 읽고 싶어 하는 글에는 이유가 있다.

나의 첫 책은 여행 에세이였다. 익숙해진 방송작가 일에 매너리즘을 느끼고 있을 무렵, 기획하던 프로그램이 폐지되었다. 하루아침에 백수가 되는 일이야 그 바닥에서 흔한 일이었지만, 이번만큼은 이제까지와는 다른 걸 해 보고 싶었다.

'책 한 번 써볼까. 남이 읽는 대본 말고 내 이야기를 써 볼까.'

당시에는 출판계가 호황이었고 특히 여행 에세이가 인기였다. 평범한 학생이나 회사원이 블로그에 여행기를 연재해 구독자를 모았고, 책을 출간하면 베스트셀러가 되기도 했다. 어제까지만 해도 다른 일을 하던 사람이 다음 날 전업 작가가 되어도 어색하지 않은 생태계였다.

고등학교 때부터 일본 음악에 빠져서 음지의 오타쿠로 지냈다. 대학에서 일문학을 전공하고 나서는 비교적 양지의 오타쿠가 되어 자주 일본 여행을 갔다. 사회인이 되고 나서도 문득 머리가 복잡해지면 훌쩍 도쿄로 떠났다. 서울과 비슷한 듯 다른 공간에서 밍밍한 며칠을 보내고 돌아오면 '그래도 힘내 봐야지 어쩌겠어' 생각했다. 별다른 걸 하지 않아도 좋은 곳. 말을 알아듣고 글을 읽을 수 있어 안심이 되는 곳. 거리가 가까워 긴 시간과 수고를 들이지 않고도 다녀올 수 있는 곳.

갑자기 백수가 되어 흘러넘치는 시간 동안 도쿄에서 쌓은 추억을 하나둘 적다 보니 그곳에서 맛본 음식들이 떠올랐다. 그대로 책의 목차가 완성되었고 제목도 정했다. 『도쿄 싱글 식탁』.

나의 도쿄 추억을 이야기하며 혼자서 밥 먹을 수 있는 식당을 소개하는 에세이다. 이후 출간 기획서를 쓰고 출판사를 찾는 과정을 거쳐 첫 출판계약을 맺었다.

며칠 뒤, 선인세가 입금되었다. 큰돈도 적은 돈도 아니었지만 출판과 관련해 처음으로 통장에 찍힌 돈이라 기쁘기만 했다. 거기에 여행 경비를 더해 취재 하러 도쿄로 떠났다.

3주간 긴자銀座에 있는 호텔에 머물며, 아침부터 저녁까지 도쿄 구석구석을 누볐다. 필름 카메라와 DSLR을 이고 진채 책에 들어갈 사진을 직접 찍었다. 카페와 식당을 찾아다니며 하루에 대여섯 끼쯤 먹었다.

사전 자료 조사를 거쳐 취재를 결정했지만 정작 맛을 보니 소개하면 좋은 소리 못 들을 것 같은 식당도 있었고, 분위기가 편치 않거나 교통이 불편해 여행자로서는 오기 힘들 것 같은 곳도 있었다. 고민을 거쳐 혼자서도 부담 없이 식사할 수 있는 곳만을 추렸다. 도쿄 지리를 잘 몰라도 쉽게 찾을 수 있고, 혼자 온 사람에게 냉담하지 않으며, 들어가기도 전에 괜히 주눅 들지 않는 식당. 나 같은 길치라도 길을 헤매지 않도록 가게 위치는 문장으로 풀어 적었다.

일본 음식에 자주 쓰이는 식재료들도 책에 소개하면 좋을 것 같아 시장이나 마트에서 구해다 호텔 방에서 사진을 찍었다. 다음 날, 청소 시간이 임박해 객실에서 빠져나올 때, 웬 방의 휴지통에서 대파와 생와사비가 나왔다고 수군대는 청소 노동자들의 목소리를 들었다. 변명하면 더 이상할 것 같아 서둘러 호텔을 빠져나오던 기억이 난다.

취재를 마치고 돌아와 원고와 사진을 매만진 후 두어 달을 보내자 책이 나왔다. 서점에 놓인 첫 책을 보니 그간의 고생은 쓱 잊혔다. 친구들을 불러모아 출간 기념회도 열었다. 몇 달이 지나 자연스럽게 두 번째 책을 준비하게 되었고, 어느새 이십 년 가까이 같은 일을 하고 있다.

오랜만에 책장 맨 아래 칸에 있는 첫 책을 꺼내 본다. 후루룩 넘겨만 볼 뿐 활자를 읽을 용기는 나지 않는다. 멋쩍음에 다시 꽂아 놓고 책등을 바라보니 열정은 물론, 체력과 소화력마저 부족한 지금의 내가 그때의 나를 물끄러미 마주보는 느낌이다. 아는 건 하나도 없으면서 출간의 모든 첫 경험을 씩씩하게 감당해 낸 이십 년 전의 내가 대견하다.

다시 한번 도쿄 이야기를 써 볼까. 이십 년 전과는 다른, 지금의 내가 걷는 도쿄 이야기를.

숙소를 고르는 기준

○ ○ ○

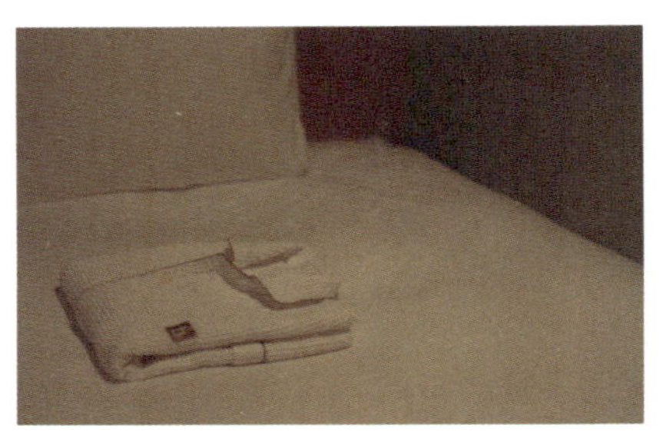

갑자기 하염없이 도쿄에 가고 싶다. 짧게라도 다녀올까. 개와 함께 살고 나서부터는 개를 맡기는 일도 큰 과제라 여행으로 쓸 수 있는 최대 일정은 일주일 정도다. 허락된 시간이 한정돼 있는 만큼 합리적인 시간대의 항공권을 구해야 한다.

도쿄에 갈 때는 주로 하네다공항행 국적기를 이용하는데, 오전 시간(08시 40분)에 김포공항에서 출발해서 지하철이 끊기지 않는 시간(22시 05분)에 돌아오는 항공편을 선호한다. 잽싸게 예약 완료. 숙소도 찾아봐야겠지.

늘 이용하는 숙박 예약 앱에 일정을 입력하고 '도쿄'라고 검색하니 12,482개의 숙소가 뜬다. 아마 오늘, 머리가 지끈해질 때까지 이 작은 화면에 머물 것이다. 처음에는 지역을 따로 정하지 않고 느낌을 본다. 검색 필터를 바꿔 가며 둘러보니, 입이 떡 벌어지는 데도 있고 말도 안 되는 데도 있다.

숙소 예약은 왜 할 때마다 어려울까. 경비가 부족해서겠지. 별이 많이 달려 쾌적하고, 교통의 요지에 있는 호텔은 많지만 내 형편에는 무리다. 단골 숙소를 하나 정해 놓고 갈 때마다 같은 곳에서 묵는 타입도 아니라서 여행을 앞두고는 숙소를 고르느라 진땀을 뺀다. 사람이 붐비지 않는 곳, 자주 가고 싶은 동네를 도보로 이동할 수 있는 호텔을 찾다 보니 예약이 가능한 숙소 리스트가 확 줄어든다.

처음 도쿄에 가거나 여기저기 가 보고 싶은 곳이 많다면 신주쿠新宿에 묵는 게 좋다. 신주쿠역은 도쿄의 동서남북

STARBUCKS COFFEE
STARBUCKS COFFEE
TSUTAYA
TSUTAYA

을 잇는 교통의 허브이고, 가마쿠라鎌倉나 요코하마横浜 등 근교 지역으로 가기에도 편하다. 관광객이 많이 모이는 도시인 만큼 쇼핑센터나 식당도 많고, 성급별로 숙소도 다양해서 취향에 맞는 곳을 구하기 쉽다. 단, 환락가 근처나 중심가에 있는 숙소는 밤늦게까지 시끄럽거나 위험할 수 있다. 호텔 이름에 신주쿠가 붙어 있어도 정작 역 근처가 아닌 곳이 있으며, 신주쿠 지역에는 각기 다른 지하철역이 많아 어느 노선의 신주쿠역인지도 확인이 필요하다. 호텔에서 신주쿠역까지 도보 10분이라고 해도 숨넘어가게 달려서 10분인 데도 있으니 지도를 보며 위치를 가늠해야 한다.

더불어 도쿄 도심은 언제든 공사 중인 구역이 많아서 거리상으로는 가깝더라도 빙 둘러 가야 하는 상황이 자주 생긴다. 불편한 점도 여럿 있지만 신주쿠는 교통이 압도적으로 편리한 지역이라 가장 먼저 찾게 된다.

숙소를 구하는 기준은 조금씩 바뀐다. 신주쿠에서 열리는 코미디 공연을 매일 보는 게 목적이라면 신주쿠에 묵고, 매일 황거皇居 주변에서 달리기를 하고 싶다면 황거 근처에 묵는 등 여행의 목적에 부합하는 지역을 고른다. 이번 여행에서는 숙소에서 나카메구로中目黒와 다이칸야마代官山까지 걸어서 오가고 싶고, 이른 아침에 메구로강目黒川 주변을 달리고 싶다. 나카메구로와 다이칸야마로 검색해 보니 마음에 드는 숙소가 없어서 시부야까지 구역을 넓혀 보기로.

시부야渋谷는 서울 지하철 2호선과 비슷하게, 도쿄 중심부를 둥그렇게 순환하는 야마노테선山の手線이 지나가는 동네라 다른 지역으로 이동이 편하다. 신주쿠와도 가깝고, 시모기타자와下北沢까지 가는 지하철도 쉽게 탈 수 있으며, 다이칸야마나 나카메구로까지 도보로 30분 이내다.

아쉬운 점이라면 늘 북적거린다는 것. 신주쿠 정도의 인파와 소음은 각오해야 하고, 좁은 골목이 많아 규모가 작은 숙소라면 찾기가 쉽지 않다. 동네가 번잡해 한번 숙소에 들어오면 다시 나가고 싶지 않다는 단점도 있지만 이 단점이 장점처럼 느껴지는 사람도 있을 거다.

숙박객 후기를 살펴본 결과, '시부야 엑셀 호텔 도큐 Shibuya Excel Hotel Tokyu'가 가장 좋을 것 같다. 시부야역과 바로 연결되어 있어 숙소를 찾기에도, 어딘가로 이동하기에도 편할 것 같고 고층 객실에 묵으면 화려한 시부야 거리를 내려다볼 수 있다고 한다. 중요한 것은 가격인데 가장 저렴한 싱글 룸이 1박에 30만 원 중반대. 여러 날을 예약하기에는 부담스럽네.

금세 정신 승리가 시작된다. 시부야는 너무 붐비잖아. 개일 왔다 갔다 하면 기 빨릴 거야. 이번에는 자주 이동할 계획이 없으니 교통의 요지에 있다는 게 크게 의미 없겠지. 무엇코다 숙박비를 그렇게 쓰고 나면 다른 데서 아끼려 들 텐데 그건 싫어.

결국 포기하고 에비스역 주변으로 알아본다. 에비스惠比壽는 지하철 야마노테선과 히비야선日比谷線이 동시에 지나가고 신주쿠나 시부야와 크게 멀지 않으면서도 한층 한적한 동네다. 다이칸야마와 나카메구로까지 도보로 20분이면 충분하고, 근처에 좋아하는 붕어빵집 히라기ひいらぎ가 있다는 것도 특장점이다. 그래, 이번에는 에비스에 묵어보자.

가장 먼저 체크한 호텔은 '에비스홀릭 호텔Ebisuholic Hotel'. 이름이 좀 난감하지만 에비스역에서 도보 270미터 근처에 있고, 모든 숙박객에게 간단한 조식이 무료로 제공된다고 한다. 일본의 통상적인 비즈니스호텔에 비해 객실과 욕실이 넓은 편이라 쾌적하게 묵었다는 리뷰가 눈에 띈다. 싱글룸 1박에 20만 원 중반대. 나쁘지 않은 것 같아 무료 취소 가능 조건으로 연박을 예약했다.

여행 중에는 숙소를 옮기지 않는다. 장기 여행이나 도시 간의 이동이 불가피한 경우를 제외하고는 한 숙소에만 묵는다. 여기저기 다니겠다는 욕심으로 이틀은 이 동네, 이틀은 저 동네로 옮기는 건 한숨과 피로만 늘릴 뿐. 숙소 탐방이 취미도 아니고 예산으로 묵을 수 있는 호텔의 수준은 다 거기서 거기이기 때문에, 공항에서 내려서 바로 숙소로 가서 짐을 실컷 늘어놓고, 그 짐을 다시 욱여넣어 공항으로 가는 게 좋다. 그래서 유난히 숙소 예약에 많은 시간이 든다. 한번 정하면 자진 퇴실을 하는 한 바꿀 수 없으니까.

에어비앤비보다는 호텔을 선호한다. 그 나라 사람으로 살아 보는 일이나 현지 사람들과 부대끼는 일에는 관심이 없고, 정확한 시간에 입·퇴실이 이루어지고 마련된 부대시설을 편의대로 이용할 수 있는 정형화된 호텔이 좋다. 방에 취사 시설이나 세탁기가 있는 레지던스도 선호하지 않는다. 여행에서는 최대한 생활감이 결여되기를 바란다. 만날 집에서 밥하고 설거지하고 빨래하는데 여행 와서 웬 싱크대, 웬 세탁기. 아무것도 하지 말고, 실컷 게으르게 지내라고 말하는 듯한 호텔 방이 좋다.

아무리 고즈넉하고 정겨운 느낌의 동네여도 여행자는 언제 어떻게 마음이 바뀔지 모르기에, 편리하게 교통을 이용할 수 있는 곳으로 정한다. 지하철역까지 도보 이동이 가능한 숙소를 최우선으로 고르고, 환승이 잘 이루어지는 노선이면 더 좋고. 요즘 들어 선호하는 도쿄의 동네는 신주쿠 주변 지역 또는 긴자.

긴자는 북적이긴 하지만 다양한 브랜드의 대형 매장이 많이 들어와 있어 쇼핑하기 편하고, 구석구석 전통 있는 식당과 카페가 많다. 도쿄역 주변, 롯본기六本木, 아사쿠사淺草 지역으로 가기에도 편하다.

그 외로 중요하게 생각하는 것은 비교적 붐비지 않는 곳에 있는 숙소일 것. 종일 중심가를 오가다 숙소로 돌아올 즈음에는 너덜너덜해지는데, 호텔 주변까지 시끄러우면 휴식하는 느낌이 들지 않는다. 그 이유로 같은 호텔에서도 더욱 조용한 고층 객실, 구석에 있는 방으로 요청한다.

숙소 예약 사이트는 하나만 쓴다. 다른 사이트가 가격이 저렴하더라도 늘 쓰던 예약 앱을 이용해 단골 할인을 받는 게 더 낫다. 평소 물건을 살 때는 귀찮아서 리뷰를 잘 확인하지 않지만 숙소를 고를 때만큼은 읽어 본다. 리뷰에서 가장 눈여겨보는 것은 객실 크기 및 냄새, 침구 상태와 객실 내 먼지 유무. 해당 내용의 리뷰가 하나라도 있는 객실은 아무리 끌리더라도 선택하지 않는다.

주변에 편의점과 작은 카페가 있는 호텔이면 점수가 올라간다. 언제든 나가서 뭐라도 사다 먹을 수 있는 편의점이 있으면 마음이 든든하다. 아침을 챙겨 먹지 못하고 나가는 경우에는 근처 카페에서 간단하게나마 모닝 세트를 먹으며 그날 어떻게 움직여 볼지 궁리한다.

　이미 실컷 가린 것 같지만 그 외에 크게 가리는 건 없다. 내가 도쿄에서 숙박비로 쓸 수 있는 돈은 1박에 20만 원 내외. 정해 놓은 예산으로 가장 합리적인 숙소를 고르는 일이 머리 아플 때도 많지만, 고민하고 고른 곳인 만큼 큰 불만 없이 지내다 온다.

　며칠 뒤, 행여나 더 좋은 숙소가 떴을까 싶어 숙소 예약 앱에 다시 들어가 보니 에비스 지역의 다른 호텔이 눈에 띈다. 예약한 호텔보다 가격이 저렴한 반면 상태는 더 나은 것 같다. 이름은 '프린스 스마트 인 에비스Prince smart Inn Ebisu'. 에비스에 있는 호텔 이름은 다 왜 이 모양인가. 무인 호텔로 셀프 체크인을 해야 하는 공동주택 느낌의 숙소라 운치라고는 없지만 객실에는 필요한 것들만 놓여 있어서 군더더기 없어 보인다. 가격은 합리적이고, 객실은 청결한 편이고, 위치도 좋으니 여기로 바꿔야겠다. 기존 예약은 광속으로 취소 완료.

　멋쩍음이 밀려온다. 이번에도 가격대를 최우선시해 숙소를 골랐구나. 오랜만에 가는 여행에 욕심 따위 내팽개친 채. 사치 따위 상상조차 못 한 채.

늘 아끼기만 하는 사람

。
。
。

엄마가 사 온 과일에는 늘 멍이 들어 있었다. 어린 시절, 집에 있는 과일은 늘 아무 맛도 나지 않아서 꽤 오랫동안 과일을 좋아하지 않았다. 어른이 되어 혼자 살면서 비싼 과일을 조금씩 맛보고 난 다음에야 알았다. 나, 과일 좋아했네.

빠듯한 살림에 자식들을 키우고 집안 경제를 책임져 온 엄마의 노고를 존경하면서도 그렇게 되고 싶지 않은 내가 있다. 하지만 돈 쓸 일이 생길 때마다 내 안에 있는 엄마의 유전자가 튀어나온다. '싸니까 사도 괜찮겠지'라며 자기합리화를 하는 건, 내가 엄마 딸이기 때문이겠지. 여러 선택지 앞에서 가장 먼저 가격에 수긍할 때마다 '나'는 자연스레 뒤로 밀린다.

이번 여행을 계획할 때까지만 해도 늘 묵던 중저가 호텔을 고르고 싶지 않았다. 끝도 없이 밀려드는 업무에 치여 번아웃을 느낄 정도였기에 지친 몸과 마음에 휴식을 주는, 양질의 시간을 만들고 싶었다. 하지만 이번에도 호텔 목록을 '낮은 가격순'으로 정렬하고 만다. 더 싼 곳은 없을까? 더 저렴하게 예약할 방법은 없을까? 그 돈을 살뜰히 모아 대단한 걸 하지도 않으면서. 애초에 여행을 안 가면 0원이잖아.

돈 앞에서 찌질해질 때 입버릇처럼 되뇌는 건 '나는 중년이야'다. '중년에 무슨 싸구려 호텔이야. 중년에 무슨 보세 옷을 자꾸 입어. 중년이니까, 비싸더라도 우아하게 밥 좀 먹어 보자!'라며 스스로 세뇌한다. 나이에 어울리는 소비란 우스운 발상일지 몰라도, 나이에 걸맞는 나 돌보는 법은 분명 있다. 불편을 참아 가며 저렴한 걸 고르는 것, 이것도 경험이라며 불만족을 견디는 일이 과연 지금의 나에게 필요한가. 그놈의 돈. 그 돈 모아서 건물 살 거냐? 대체 왜 돈을 벌고 있는가. 먹고살기 위해? 나를 굶겨 죽이지 않기 위해서? 인생은 길다고 하지만 좋은 걸 누릴 수 있는 시간은 너무나 짧지 않은가. 나는 언제쯤 나에게 주저 없이, 최상의 것을 선사할 수 있을까.

심리상담을 받을 때 상담사 선생님이 내가 말한 단어 하나에 주의 깊게 반응한 적이 있다.

- 김신회 님은 '탕진'이라는 단어를 쓰시네요? 이유가 있을까요?

나는 그 말을 쓴지도 몰랐다.

- 글쎄요? 생각 안 해 봤는데요? 그냥 재미로 한 말인 것 같은데…….

- 제가 듣기에 김신회 님은 직접 번 돈을 쓰고, '나'를 위해 무언가를 사는 행위를 탕진이라고 생각하는 것 같았어요. 자신을 위해 돈을 쓰는 일이 왜 탕진일까요? 살아가는 데 당연히 필요한 행동이 아닐까요.

당시에는 적절한 반응을 찾지 못해 얼버무리고 말았지만 몇 년이 지난 지금까지 그 말을 곱씹는다. 나는 '나'를 위한 것이라고는 할 줄 모르는 애처로운 사람일까.

풍족하지 않았던 삶으로부터 벗어나고 싶었지만 방법을 몰랐다. 아니, 풍족하지 않다는 이유로 이 악물고 싶지 않았다는 게 더 정확할 것 같다. 부족한 환경에 있는 사람은 무조

건 노력해야 하는가. 그만한 끈기와 근성이 없는 사람은 어쩌
란 말이냐. 함부로 열심히 살라고 말하지 말라고. 열심은 셀프
입니다, 여러분.

결국 운이 좋았던 걸까. 이제껏 큰 굴곡 없이 하고 싶은
일을 하면서 살 수 있었고, 겨우 손에 쥔 게 생겼다. 그러자 또
다른 이유로 불안하고 두려웠다. 힘겹게 얻은 걸 한순간에 잃
어버릴지도 모른다는 생각으로 쓰지도 못하고 아끼지도 못한
채 허둥댔다. 꽤 오랜 시간 "그게 다 돈이 없어서 그래"라고 합
리화했지만 과연 그런가.

현재 나는 부유하지 않지만 가난하지도 않다. 하지만 마
음은 늘 쪼들린다. '탕진' 후에 다가올지도 모를 '폭망'을 두려
워하면서. 결국 나는 오늘을 제대로 즐기지도, 미래를 준비하
지도 못하는 애매한 사람이 됐다.

갑자기 가슴이 뻐렁쳐 다시 숙소 예약 앱에 들어가 본
다. 예약 내역을 둘러보니 이 맛도 저 맛도 아닌, 무난한 객실
이 눈에 들어온다. 싹 취소하고 하루에 백만 원 하는 호텔로
질러 버려? 아니 거기까지 갈 것도 없지. 차마 예약 못 한 시부
야 호텔로 결제해? 호기롭게 움직인 손가락이 뚝 멈춘다. 내
마음처럼 손도 아직은 용기가 없다.

내 안에서 바닥난 민심을 느끼며 마음속으로 중얼거린
다. 이다음에 그러자. 이번에는 그냥 예약한 데로 가고, 이다
음에는 꼭 좋은 데 묵자. 아무것도 안 하고 객실에만 머물러

도 충분한 호텔 있잖아. 푹신한 침대에 파묻혀 통창으로 펼쳐
지는 풍경을 바라보다 문득 출출해지면 룸서비스를 주문해
밥을 먹고, 지겨워지면 호텔 안에 있는 수영장에 가거나 피트
니스 센터로 가 여유롭게 운동도 하고. 호텔 주변을 걷는 것만
으로도 충분한 산책이 되는, 넓고 쾌적하고 아름다운, 별 다
섯 개짜리 호텔을 망설임 없이 예약하는 거야!

몇 번째 반복해 온 다짐을 오늘도 읊고 앉았다.

여행 에세이 쓰기

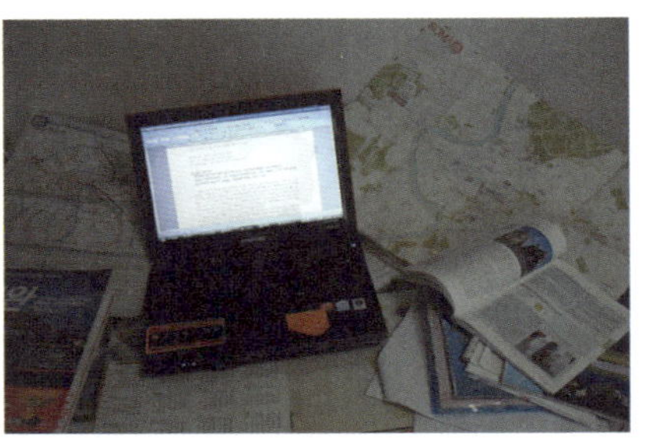

근 이십 년 만에 도쿄 여행 에세이를 쓰겠다며 여행 계획까지 세웠으니 원고를 써야 한다. 여행 에세이의 원고는 여행을 떠나기 전에 쓴다.

대부분의 책이 그러하지만 여행 에세이는 더욱 촘촘한 사전 작업이 필요하다. 할 만한 이야기들을 목차로 꾸리고, 글감을 정리하며 자료 조사를 마친다. 어떤 곳을 언제 방문할지에 대한 일정도 세운다. 초고는 여행을 떠나기 전에 팔십 퍼센트 이상 써 둔다. 여행 이후 써둔 원고를 수정하거나 새로운 원고를 추가하기도 하지만 큰 골자는 바뀌지 않는다. 탄탄히 계획을 세워 두고 나서야 몸을 움직일 수 있는 장르다.

취재 여행을 떠나서는 쓴 이야기가 어색하지 않은지, 정보에 오류는 없는지 확인한다. 더 쓸 원고가 있다면 메모하고 그날 있었던 일들, 가 본 장소와 먹은 음식은 꼼꼼히 기록한다. 사진도 부지런히 찍는다. 그러고도 잊어버리지 않기 위해 밤이면 호텔 방에서 글을 쓴다. 그 시간은 분명 여행이 아닌 출장이다.

이제껏 여행 에세이를 세 권 썼다. 두 권은 발품 팔아 쓰는 여행기였고, 사진도 직접 찍었다. 나머지 하나는 여행을 추억하는 일상에 대한 이야기였다. 나에게는 후자가 더 잘 맞았다. 취재나 자료 조사보다 글 쓰는 기쁨이 더 큰 작업이 만족스러웠다. 하지만 안타깝게도 후자의 책이 독자의 사랑을 가장 적게 받았다. 여전히 내 취향은 음지에 머물러 있다.

이번에는 어떤 여행 에세이를 써 볼까. 요즘은 인터넷 검색만 해도 금세 정보가 모인다. 구글 지도만 열어도 음식점, 숙소, 관광 명소 목록이 와르르 쏟아진다. 최첨단 AI 시대에 내가 가진 볼품 없는 정보가 누구에게 도움이 될까. 여행을 방해하지만 않으면 다행이다. 근엄하게 다짐한다. 내가 쓸 수 없는 여행 에세이는 쓰지 말자. 그건 나도, 독자도 바라는 바가 아닐 것이다.

그런데 나만 쓸 수 있는 여행 에세이가 있긴 할까. 먼저 내가 어떻게 여행하는 사람인지 들여다봐야겠지. 그 전에 내가 어떤 사람인지도 생각해 봐야 한다.

나는 하루의 대부분을 누워 있는 시간으로 쓴다. 아무리 좋은 델 가도 집에 갈 때가 제일 좋다. 유행이나 핫플, 명품에는 관심이 없고, 물건을 사 모으는 취미도 없다. 놀이공원이나 박물관 같은 큰 건물에 들어가면 기가 빨려 긴 시간 머물지 못한다. 쇼핑몰이나 관광 명소보다 서점이나 카페, 편의점을 더 좋아한다. 맛있는 음식을 먹는 것도 좋지만 여행 가서까지 식당 앞에서 줄을 서고 싶지 않다.

체력의 한계를 잘 알고 있어서 여기저기 돌아다니지 않는다. 무언가를 타는 것보다 걷는 걸 선호하지만 정작 대중교통을 자유롭게 이용하지 못할 때는 손발이 묶인 것처럼 갑갑해한다. 이 모든 것을 한 문장으로 줄이면 '여행을 별로 안 좋아하는 사람'쯤 될까.

아니다. 나도 여행 좋아한다. 그저 복작복작 아등바등 여행하고 싶지 않을 뿐이다. 굳이 말하자면 내향형의 여행자.

오. 책의 주제가 나온 것 같은데? 내향인의 도쿄 여행.

고요히, 원하는 곳만을 사뿐사뿐 걸어 다니며 마음이 이끄는 대로 하는 여행. 지켜지지 않아도 괜찮은 계획을 세우고, 며칠 지나면 세운 계획조차 까먹고, 딱히 한 것도 없으면서 '아, 오늘도 재미있었다' 되뇌는 여행. 그게 곧 내가 도쿄에서 하는 일이니까.

주제를 정하고 나니 가슴이 뛴다. 하고 싶은 이야기가 보글보글 끓어오르는 느낌.

큰 짐, 중간 짐, 작은 짐

。。。

초고를 쓰면서 여행 준비를 하느라 스트레스를 받은 걸까. 몸이 좋지 않다. 처음에는 몸에 힘이 없고 열이 오르는가 싶더니 배가 빵빵해지면서 속이 부대끼기 시작한다. 결국 극심한 두통까지 찾아와 누워 있기도, 앉아 있기도 힘들다.

다음 날 병원에 가니 바이러스성 장염이라고 한다. 여행이 며칠 남지도 않았는데 어떡하지. 오직 약을 먹기 위해 매끼니 죽을 챙겨 먹으며 호전되기를 기다렸지만 상태는 더 나빠지기만 한다. 머리가 깨질 것 같고 속이 메슥거려서 눈물이 다 난다.

예전에는 몸이 아프면 잠시 이러다 말겠지 했지만, 언제인가부터는 평생 이러는 거 아냐? 싶다. 건강한 몸은 더는 내 것이 아니고 앞으로는 골골대는 몸으로 살아가는 건 아닌지. 비관적인 생각이라 치부하기에는 내 몸이 더 건강해질 일은 없다. 앞으로 나에게는 얼마나 더 많은 낯선 날들이 기다리고 있을까.

- 그럴 땐 수액이지.

비실대는 내게 교회 언니가 말한다. 인위적으로나마 몸에 영양분을 주입해 어떻게든 비행기를 탈 수 있는 몸을 만들라는 조언이다.

- 공진단도 준비해.

엄중하게 이어 가는 제안에 고개를 끄덕이며 대답한다.

- 아멘.

여행 D-1. 두통으로 터질 듯한 머리를 부여잡고 다시 병원을 찾는다. 진료실 침대에 누운 나의 배를 꾹꾹 누르던 의사가 말한다.

– 장염 기운이 남아 있네요.

내일 출장을 간다고 하자 의사는 나 대신 한숨을 푹 쉰다. 발빠르게 수액을 추천하고, 약도 넉넉히 처방해 준다. 긴 말하지 않아도 물 흐르듯 이어지는 소통이 위안이 된다.

내일 아침 일찍 출발하는 비행기라 개는 오늘 오후부터 유치원 호텔에 맡기기로 한다. 그러기 위해서는 엿새 치 '개 도시락'을 싸야 한다. 여섯 살이 되던 해에 만성 췌장염 진단을 받은 나의 개 풋콩이는 하루 두 번 약을 꼭 먹어야 한다. 사료와 약 급여를 도와주는 습식 사료, 가루약과 영양제를 정해진 시간에 급여할 수 있도록 지퍼백에 온갖 설명을 덕지덕지 붙이며 챙기고 있자니 이게 다 뭐하는 짓인가 싶다.

처음 풋콩이를 입양했을 때 앞으로 여행은 포기할 수 있다고 생각했다. 하지만 일 년에 두세 번씩 여행을 떠나던 사람이 욕구를 마냥 누르면서 살기란 쉽지 않았다. 그때부터 일 년에 일주일만 나에게 시간을 주기로 마음먹었다. 풋콩이 컨디션이 아직은 괜찮을 때, 며칠 동안 걱정 없이 맡길 수 있는 곳이 있을 때만이라도 일 년에 딱 일주일만. 풋콩이가 지금보다 더 나이 들면 아마 하루이틀 떠나는 일조차 불가능해질 것이다. 그러니 갈 수 있을 때 갔다 오자고 결심하면서도 개의 약을 챙길 때마다 마음이 복잡해진다.

인간의 한 시간이 개에게는 체감 일곱 시간이라고 한다.

이번 여행 때문에 풋콩이가 나를 기다려야 하는 시간

= 24(사람 시간) × 7(일) × 7(개 시간)

= 1176시간

= 말도 안 되네

개의 가장 큰 취약점은 앞으로 자기한테 어떤 일이 다가올지 모른다는 것. 내일부터 며칠 나랑 떨어져 지내리라는 걸 알 턱이 없는 풋콩이는 방석에 누워 쌔근쌔근 자고 있다. 좋지 않은 몸으로, 나밖에 모르는 개를 두고 여행을 가는 게 맞는가. 호텔링 기간 동안 혹시 아프거나 다치지는 않을지 부정적인 생각이 넘실거리지만 금세 마음을 다잡는다. 풋콩이는 건강하게 잘 지낼 것이다. 그러니 엄마도 잘 갔다 올게.

어리둥절한 채 품에 안긴 풋콩이를 유치원 호텔에 맡기고 돌아오니 감상에 빠질 시간이 없다. 얼른 짐을 싸야 한다.

〔 여행 전 체크할 것 〕

· 비행기 탑승권 및 숙소 바우처 캡처해 두기

· 환전

도쿄에는 여전히 현금만 받는 데가 있다. 이만 엔만 환

전하고, 나머지는 신용카드를 쓰기로.

사이버 환전을 신청해 동네 은행에서 수령 완료.

· 여행자보험

항공권 예약하면서 신청 완료.

· 유심칩 구매

내 폰은 오래된 스마트폰이라 이심E-sim이 안 되기 때

문에(TMI) 앱을 통해 유심칩을 구매했다. 여행 기간 동

안 현지 네트워크 망을 통해 데이터를 사용할 수 있다.

유심칩은 미리 자택 수령 완료.

· 스이카Suika

현지에서 교통카드로 쓸 수 있는 IC 카드.

국내 여행사이트에서 예약 구매 완료. 내일 하네다공

항에서 수령 예정.

· 공항에서 숙소까지 가는 길 체크

숙소 예약 앱에 쓰여 있는 주소를 캡처해 두고, 리뷰

및 구글 지도를 여러 번 보며 대략적으로 길을 가늠해

보지만 아무리 봐도 모른다.

여행 가방을 꺼낸다. 몇 년 전에 산 하얀색 기내용 캐리어다. 일주일 미만의 여행은 늘 이 가방을 들고 간다. 평소에는 떠나기 며칠 전부터 방구석에 펼쳐 두고, 생각나는 게 있을 때마다 던져 놓는데 이번 여행은 않느라 바빴기에 밤이 깊어서야 짐을 꾸린다.

여행 짐을 쌀 때는 크고 작은 천 주머니가 여러 개 있으면 좋다. 흙 묻은 신발을 넣거나 입었던 옷이나 양말, 그 밖의 정리가 귀찮은 것들을 주머니에 집어넣어 정리하면 돌아올 때도 편하다.

더불어 여행 중에 발이 불편한 것만큼 가혹한 형벌이 없기에, 신발은 세 켤레 이상 챙긴다(너무 많다는 거 알고 있다). 속옷과 양말은 세탁해서 입을 의지가 없기 때문에 넉넉하게 가져간다.

〔 늘 챙기는 여행 짐들 〕

· **지퍼백 및 비닐봉지**

은근 필요함. 필요할 때는 현지에서 박스째 사야 해서 짐이 되니까 몇 장씩만 챙겨 간다.

· **영양제 및 처방약**

여행 중에는 비타민을 평소보다 더 챙겨 먹으면 피로 회복에 도움이 되고, 바뀐 환경에서는 화장실 이슈도 발생하기에 대비책이 필요하다. 홍삼 진액, 비타민제, 유산균제 넉넉히 챙기기. 그밖에 두통약, 소화제, 처방받은 우울증 약 및 수면유도제도.

· **운동화 및 운동복**

혹시 뛸 일이 있을지도 모르니까 짐이 되더라도 꼭 챙긴다. 땀을 닦을 손수건도 몇 장 추가.

· **노트북 컴퓨터**

여행 가서도 책 주문은 들어오고, 급하게 처리할 업무도 생긴다. 그때그때 기록을 남겨 놓기 위해서 이번만큼은 꼭 챙겨 가야 한다.

· **디지털카메라**

도쿄에서 사진을 직접 찍기 위해서 지인에게 빌렸다. 쓸 만한 사진을 건져야 할 텐데.

드라마 〈걸스Girls〉에서 쇼샤나는 말했다.

- 여자에게는 큰 짐, 중간 짐, 작은 짐이 있어.

그것은 물리적인 짐일 수도 있고 마음의 부담 혹은 숙제일 수도 있겠지. 맨 처음 드라마를 봤을 때 내 삶의 세 가지 짐은 뭘지 한참 생각했다.

여행을 앞둔 현재 나의 큰 짐은 아픈 몸. 중간 짐은 떼어놓고 갈 개. 작은 짐은 과연 도쿄에서의 시간이 책이 될 수 있을까 하는 걱정 반 기대 반. 이번 여행은 평소보다 많은 염려를 안고 가는구나. 그래도 나는 간다.

여행을 마치고 돌아오면, 나의 세 가지 짐은 어떻게 바뀌어 있을까.

아무도 맞아 준 적 없지만

···

이십 대 때 처음 도쿄에 갔다. 당시에는 저가 항공이 없었고 환율도 높았기에 그야말로 가장 저렴한 곳만 찾아다녔다. 그 나라 언어를 안다는 건 때로 족쇄가 되어 어깨에 절로 힘이 들어갔다. 말을 못 알아들을까 봐, 질문에 제대로 대답하지 못할까 봐 전전긍긍했다. 아무리 안달복달해도 내 일본어는 그저 그랬다. 여행도 그냥 그랬던 것 같다.

그럼에도 일 년에 한 번은 꼭 일본에 갔다. 도쿄에 가장 자주 갔고, 교토나 후쿠오카, 오키나와에도 갔다. 친구들과 함께 여행한 적도 있었지만 대부분 혼자였다. 평소 유난히 겁이 많고 불안이 높은 나에게 일본은 안심되는 곳이었다. 사람들은 적당히 차갑고 타인에게 별 관심이 없어서 나 역시 비슷한 모드로 지내다 올 수 있었다. 여러모로 내향인에게 맞는 여행지였다.

가서는 주로 쇼핑을 했다. 지금은 다른 나라에는 없어도 대한민국에는 있는 아이템이 많지만, 당시에는 일본에 가야만 살 수 있는 것들이 많았다. 텅텅 빈 캐리어를 들고 가 온갖 것들로 가득 채워 오는 일이야말로 여행의 즐거움이라고 생각했다.

물건을 사러 떠나는 외국 여행이 더는 의미 없게 여겨지자, 도쿄가 아닌 다른 곳들이 보였다. 듣기평가 하는 심정으로 여행하지 않아도 되는 도시들을 찾았다. 한동안 일 년에 한 번씩 태국에 갔고, 이후에는 해마다 발리에 갔다. 마음을 크게 먹고 유럽 도시들을 돌기도 했다. 한참을 여기저기 다니다 보니 여행은 할 만큼 한 것 같았다.

그러자 일상을 더 알차게 꾸리는 일을 궁리하게 되었다. 가장 먼저 생각난 것은 개와 살고 싶다는 것. 현생에 지쳐 부랴부랴 떠나는 대신 매일 개와 함께 작은 여행 같은 산책을 하고 일상을 차분하게 일궈 나가고 싶었다. 멀리 있는 무언가보다 여기 있는 지금을 보자. 인생을 책임지며 살겠다는 각오는 어마어마해서 엄두가 나지 않지만, 개 한 마리는 책임질 수 있지 않을까.

우습게도 개 한 마리를 책임지고 나서 내 삶을 책임지는 법을 배웠다. 개에게 밥을 챙기며 나의 끼니를 거르지 않게 되었고, 개와 하는 산책을 빼먹지 않으며 몸을 움직이는 일에도 신경 쓰게 되었다. 일이 있으면 하고 없으면 퍼질러지던 과거와는 달리, 매일 아침 일찍 일어나 더 나중을 상상하며 일을 계획하게 되었다. 조금씩 나와 잘 지내는 방법을 깨우쳤다.

꽤 오랫동안 나는 나에게 받아들여지고 싶었다. 하지만 그 마음이 커질수록 나와 잘 지낼 수 없었다. 이렇게밖에 못 사는 내가 성에 차지 않았다. 상상 속의 나는 이것보다는 멋져야만 했지만 상상과 현실은 달랐다. 나는 평범하고, 때로는 모자란 구석이 더 많은 사람이다.

부족한 누군가를 받아들이는 일은 왜 이리 어려운가. 그 대상이 자신이라면 왜 더욱 힘들어지는가. 나는 상상 속의 나와 현실의 나 사이의 간극을 받아들이느라 너무 많은 시간을 썼다. 진짜 나는 어디에 있지?

개와 살고 나서야 알게 됐다. '나'는 스스로 발견할 수 있는 것이 아니다. 나를 알기 위해서는 나 아닌 다른 존재가 필요하다. 개를 돌보며 나를 돌보고, 마음대로 되지 않는 일상을 받아들이는 법을 배웠다.

어떤 관계를 맺든 불안형과 회피형으로 일관하던 내가 개와의 관계에서는 안정형이 되었고, 단단해진 마음은 삶에도 변화를 가져다주었다. 예전처럼 도망치듯 떠나는 것이 아니라, 일상을 잘 산 나에게 힘과 휴식을 주는 여행을 선물하고 싶었다. 사나흘이라도 좋으니 오랜만에 혼자 여행 좀 다녀올까? 그때 떠오른 곳은 방콕도, 발리도 아닌 도쿄였다.

짧고 굵게 떠난 도쿄 여행에서 비로소 내가 어떤 여행과 잘 맞는지 알게 되었다. 그동안의 여행은 다 뭐였나 싶지만 그 시간이 있었기에 뒤늦게라도 내 진심을 발견하게 된 거다.

이제는 '이왕 가는 거 길게 가자'를 선호하지 않는다. 책임져야 할 개가 있으니까. '힘들게 가는 거 많은 것을 보고 오자'도 아니다. 그때그때 마음이 끌리는 곳에만 간다. '안 사면 후회할 테니까 일단 사자'도 더는 없다. 더 이상 나에게 많은 물건은 필요 없다. 좋은 곳을 발견하더라도 '돌아가기 전에 또 와야지' 다짐하지도 않는다. 다음에 또 여행 오면 되니까. 가음에 여유를 두고 며칠을 지내다 오면 다시 일상에 무리 없이 안착할 수 있다.

공항으로

○
○
○

새벽에 일어나 양치만 대충 하고 집을 나선다. 적막한 거리에 캐리어 바퀴가 돌돌거리는 소리만 들린다. 김포공항으로 향하는 지하철 첫차를 타는 게 목표였으나 눈앞에서 가뿐히 놓치고, 몸 구석구석에서 땀이 폭발한다. 공항 가는 길에는 늘 땀을 한 바가지 흘린다. 여름이건 겨울이건.

얼마 후 도착한 지하철에 실려 졸다 보니 어느새 김포공항에 도착한다. 이른 시간임에도 탑승 수속 줄이 어마어마하다. 수속을 마친 후 보안 검색대를 통과해 자동 출입국 심사까지 끝내고 면세점에 들른다.

어젯밤 도쿄에 사는 친구에게 문자를 보내 두었다.

- 나 며칠간 도쿄에 가. 시간 맞으면 차나 마시자.

- 와, 좋다!

- 좋아해줘서 고마워.

- 당연히 좋지. 목요일 저녁 어때?

친구의 살림살이에 도움이 될까 싶어 돌김, 허니버터맛&와사비맛이 함께 든 아몬드를 한 박스씩 산다. 이것이야말로 진정한 K-고향의 맛.

이윽고 탑승 게이트를 통과해 기내로 들어가, 내 몫의 자리에 앉는다. 새벽부터 이어진 분주함이 스르르 누그러지는 시간. 도쿄까지는 1시간 50분. 짧은 비행 시간이지만 비행기를 타기 전까지 있었던 일을 기록하기 위해 노트북을 연다.

기차나 비행기에서 원고 작업을 하면 평소보다 능률이

두세 배는 오른다. 지역 도시에서의 일정으로 기차를 타거나 외국 여행을 갈 때마다 마감을 앞둔 교정지나 밀린 원고를 쓰기 위한 노트북을 챙긴다. 집에서 작업할 때는 일어났다 앉았다 냉장고도 열어 보고 간식도 챙겨 먹고 괜히 티브이도 트느라 집중력이 떨어지지만 탈것에서는 꼼짝없이 앉아서 작업할 수 있다. 잠시 기내식을 흡입하는 시간을 제외하고 꼬박 원고를 쓰고 있으니 기내 방송이 흘러나온다.

- 곧이어 이 비행기는 착륙 준비를 시작합니다.

지루함 하나 없이 내 몸은 어느새 도쿄에 와 있다.

일본 공항에서는 특유의 냄새가 난다. 누군가는 간장 냄새라고 하고, 누군가는 곰팡이 냄새라고 하고, 누군가는 방향제 냄새라고 하던데 나에게는 잡지 종이 냄새다. 맨 처음 도쿄 땅을 밟았을 때, 여기서는 왜 어딜 가나 종이 냄새가 나지? 했다. 그것도 컬러로 인쇄된 반들반들하고 얇은 일본 잡지 종이 냄새였다. 맡을 때마다 잡지 사러 가고 싶어지는 냄새.

모든 절차를 마치고 출국장을 빠져나오니 역시나 종이 냄새가 난다. 우리나라에서는 결코 맡을 수 없는 냄새, 다른 나라에서도 맡아 본 적이 없다. 무사히 도쿄에 도착했음을 알려 주는, 익숙한 안도의 향.

오늘은 모노레일을 타고 도심까지 이동하기로. 강과 구름이 1:1 비율로 사이좋게 보이는 창가 자리에 앉으니 가슴이 탁 트인다. 습기 많은 지역에서만 볼 수 있는 동글동글 탱글탱글한 구름이 파란 하늘 위에 두둥실 떠 있다. 비로소 다른 나라에 왔다는 게 실감 난다. 이번 여행에 앞서 정한 수칙이 뭉게구름처럼 떠오른다.

1. 음식점 앞에서 줄을 서지 않는다.
2. 핫플을 검색하지 않는다.
3. 쇼핑에 시간을 (길게) 들이지 않는다(들이긴 들인다는 뜻).
4. 끼니와 약은 꼭 챙겨 먹는다.

5. 무리하지 않는다.

6. 한 번은 꼭 달린다.

7. 선물을 사지 않는다(무조건 나만 생각할 것).

8. 외롭다는 이유로 나대지 않는다(평소에 하지 않을 행동은 하지 말아라).

9. 고요함을 충분히 즐긴다.

10. 출장 같지만 여행. 목적은 휴식임을 잊지 않는다.

굳이 수칙이라고 할 필요도 없는 항목이지만 정해두면 뿌듯하다. 지키지 않아도 상관없지만 지킬 때면 기분이 좋다. 느슨하기만 할 이 여행이 글로 모여 책이 될 수도 있다는 생각에 설렌다. 특별한 일이라곤 없을 텐데, 그래도 괜찮겠지?

오래전, 두 번째 여행 에세이를 쓸 때, 취재 여행을 하면서 나쁜 일을 만나면 절망하다가도 금세 얼굴이 풀어졌다. 이걸 글로 쓸 수 있는 거잖아? 하면서. 며칠 동안 평온하고 짐짐한 시간만 흐르면 초조했다. 가방을 열고 다녀야 하나? 소매치기가 다가오도록. 괜히 사람들과 부딪쳐볼까? 기막힌 에피소드가 생길지도 모르잖아. 평소 성격에 맞지도 않게 사람들에게 말을 걸고, 대화를 시도하며 깝죽댄 것도 여러 번이다. 그 덕에 이상한 사람들만 잔뜩 걸려들었는데 자세한 이야기는 생략한다.

더 이상 여행지에서의 뜻밖의 만남, 영화 같은 로맨스 따위 기대하지 않는다. 영화가 영화 같은 이유는 그것이 영화이기 때문이다. 이제는 약속을 잡고 만나는 친구들 외에는 낯선 사람을 만나지 않고, 현지인과 긴 대화를 이어 가지도 않는다. 이제는 그런 게 하나도 재미가 없다. 물건 살 때 아니던 입을 열 일이 없지만 오히려 편하다. 침묵의 시간을 통해 쌓이는 이야기와 감정들은 모조리 나의 것이므로.

여행 짐이 버거워 일단 호텔에 짐을 맡기고 그다음 계획을 세워 보려고 했지만, 호텔에 들어가면 다시 나오기 싫을 것 같다. 체크인 시간까지 짐을 끌고 다니자.

모노레일에서 내려 에비스로 향하는 야마노테선을 타고 가는데 안내 방송이 들려온다.

- 다음은 우에노上野역입니다.

아, 가고 싶은 데가 생각났다.

팥사랑단

영화 〈앙〉의 배경은 도라야키 가게다. 도라야키どら焼きは 지름 10센티미터 크기의 팬케이크 두 장 사이에 단팥을 넣어 만드는 일본식 디저트다.

영화는 출소 후 지인의 도라야키 가게를 도맡아 운영하는 센타로의 이야기를 그린다. 수제 팥앙금 만들기에 여러 번 실패한 그는 자포자기의 심정으로 시판용 팥으로 도라야키를 만드는데, 그 때문인지 가게에는 늘 파리가 날린다.

어느 날, 재야의 팥 고수 도쿠에 씨가 가게에 아르바이트생으로 들어오게 되고, 센타로는 그에게 앙금 만드는 방법을 처음부터 다시 배운다. 그동안은 캔에 든 앙금을 떠서 빵 사이에 간단히 끼워 넣기만 하면 됐지만, 이제는 새벽부터 일어나 일고여덟 시간 동안 쉬지 않고 앙금을 만들어도 가게 오픈 시간에 겨우 맞출 수 있다. 센타로는 난데없는 격무에 녹다운이 되지만 여든이 넘은 도쿠에 씨의 얼굴은 평온하기만 하다. 최고의 앙금을 만들기 위해 팥이 거쳐 온 시간을 생각한다는 도쿠에 씨는 말한다.

- 팥은 마음으로 만드는 거야.

그 대사에 절로 생각나는 사람이 있었다. 갓 대학생이 되었을 때 카페에서 아르바이트를 했는데, 카페의 주력 메뉴는 소프트아이스크림과 팥빙수였다. 카페 매니저 아저씨는 팥빙수용 팥을 매장에서 직접 삶았다. 그때마다 그는 무척 예민했다. 온도를 줄였다 높였다, 뚜껑을 열었다 닫았다, 끓는 팥을 몇 알 꺼내 먹어 보고는 아직 아니라는 듯 고개를 갸웃하고, 커다란 나무 국자로 팥을 젓고 또 저었다. 이 모든 과정을 감내하는 게 버거웠는지 걸핏하면 짜증을 냈다. 당시에는 그깟 팥 하나 삶으면서 엄청 유세 떠네, 싶었지만 한참 시간이 지나서야 그를 조금 이해하게 되었다. 아저씨도 팥을 마음으로 만들었던 것이다.

〈앙〉을 보고 나면 팥을 대할 때마다 경건해진다. 아무리 시판 단팥빵에 든 팥일지라도 한순간 뚝딱 만들어진 게 아닐 것 같아서다. 마음으로 만든 팥은 마음으로 먹어야 한다.

도쿄에 오면 쿠키나 케이크 등 서양식 디저트 대신 일본식 디저트를 먹는다. 특히 팥이 들어간 걸 가장 좋아한다. 팥이나 떡, 녹차 등 고전적인 식재료를 이용한 일본식 디저트를 파는 곳을 '아마미야甘味屋'라고 하는데 우리말로 직역하면 '단맛집'이 될 거다. 이름답게 그곳에서 파는 디저트는 대부분 달지만 천연재료를 이용한 것들이라 몸에 부담이 없(다고 굳게 믿는)다.

한 일본인 친구 역시 나와 같은 팥사랑단인데, 팥을 좋아한다는 내 말에 친구가 물었다.

- 넌 코시앙 파야, 츠부앙 파야?

디저트에 쓰이는 팥 제조법은 두 종류가 있는데 하나는 코시앙こしあん, 하나는 츠부앙つぶあん이다. 코시앙은 팥 껍질을 으깬 뒤 체에 걸러 부드럽게 크림처럼 만드는 것. 츠부앙은

팥 껍질을 으깨지 않아 팥 특유의 식감이 느껴지게 만드는 것
이다. 겨울철에 먹는 편의점 호빵이 코시앙, 팥빙수에 들어있
는 팥이 츠부앙이다. 나의 취향은 코시앙.

하지만 친구는 츠부앙이 좋다고 했다. 일본에서 팥을 좋
아한다는 사람 대부분이 츠부앙을 좋아한다. 특정 식재료를
좋아하는 사람들은 그 재료 고유의 특성을 좋아하는 것 같
다. 하지만 내가 이번 도쿄에서 먹는 첫 팥은 코시앙이었으면
좋겠다. 갑자기 우에노에서 내린 이유다.

개찰구를 나서자 인정사정없는 뙤약볕이 온몸을 강타
한다. 눈앞에 초록이 무성한 우에노 공원이 펼쳐진다. 공원은
이따가 체력이 허락하면 걸어야지. 아마 허락하지 않을 것이
다. 짐은 무겁고 날은 더운데 산책은 무슨 산책이야.

휘청거리며 십 분쯤 걸으니 눈앞에 정겨운 간판이 모습
을 드러낸다.

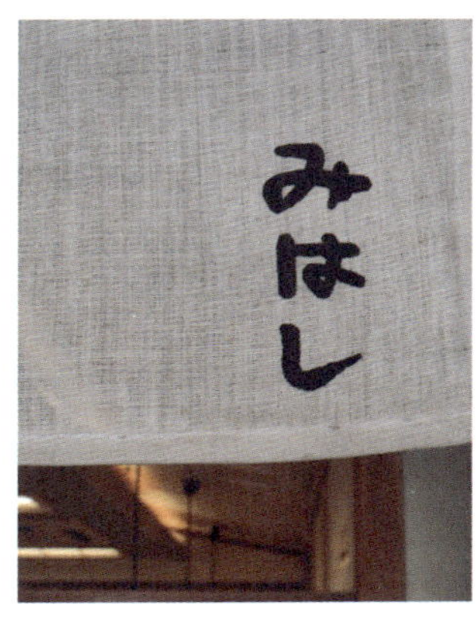

みつみはし
あんみつみはし
2号店
ム
C・ゲームソフト
フィギュア・コミック
アミューズメント
や
カ・プラレール
ロン・知育玩具
ボード
トフォン
・フィルム・充電器
相談カウンター
年中無休

あんみつ みはし

도착한 곳은 안미츠 미하시ぁんみつ みはし. 1948년에 창업한 안미츠 노포인 이곳을 팥사랑단에게 추천한다. 안미츠는 도쿄에서 꼭 먹어야 하는 일본식 디저트 중 하나로 파르페의 키 작은 버전쯤 된다. 네모 모양으로 자른 우뭇가사리(寒天: 칸텐), 떡, 귤조림과 팥앙금, 붉은 완두콩에 흑설탕 시럽을 뿌려 먹는다. 토핑은 기호에 따라 고를 수 있는데 가장 인기 있는 것은 소프트아이스크림. 그 외에는 우리의 새알심 같은 찹쌀경단(白玉: 시라타마), 살구조림(杏子: 안즈) 등이 있다.

고상함이 느껴지는 손 글씨 간판 아래로 붉은 차양이 드리워진 가게다. 그저 작은 점포 같지만 건물 전체를 안미츠 매장 및 사무실로 쓰고 있다. 웬만한 중소기업 규모다. 가게 입구 왼편에는 포장용 안미츠를 파는 코너가 있고, 오른쪽은 출입문. 그 옆으로는 매장에서 맛볼 수 있는 음식 모형들이 예쁘게 진열되어 있다.

넓지 않은 실내에는 이미 손님이 가득 차 있고, 대기하는 사람들도 있다. 하지만 회전율이 좋은 가게라 금세 자리가 난다. 오 분쯤 기다리자 구석의 1인석에 앉으라고 한다.

자리에 앉자 점원이 뜨거운 녹차를 내온다. 녹차는 무한 리필이라 조금만 바닥을 보이면 와서 다시 채워 준다. 안 그래도 달궈진 몸에 뜨거운 녹차라니 고문당하는 느낌이 없지 않지만 일단 한 모금 들이켠다. 당연히 덥지 뭐. 현실을 외면하듯 메뉴판을 들여다보자 다양한 안미츠 사진들에 마음이 조금 누그러진다. 안미츠 외에도 빙수, 떡, 아이스크림, 팥죽, 우뭇가사리 디저트가 있고, 간단한 식사도 판다.

아마미야에는 계절 한정 메뉴가 있기 마련인데, 해당 메뉴는 별도 메뉴판으로 소개한다. 아니나 다를까 조린 밤이 올라간 안미츠를 판매 중이라고. 밤은 못 참지! 일단 밤 안미츠로 하고 찹쌀경단 토핑을 추가하자.

주문을 마치고 무사히 도쿄에 도착했음에 감사의 기도를 하는 사이에 내 앞에 놓인 안미츠. 영롱하기 그지없다.

이곳의 팥앙금은 코시앙인데 네모 모양으로 두부처럼 잘려 있다. 손가락 두 마디 정도 크기의 찹쌀떡에 과육이 살아있는 귤조림 두 개, 두 종류의 조린 밤이 네 알. 그 위에 뽀얀 찹쌀경단이 네 알 올라가 있고, 아래에는 흑설탕 시럽과 투명한 깍두기 같은 우뭇가사리 사이사이 붉은 완두콩이 보인다. 이곳 팥은 홋카이도산, 설탕은 오키나와산을 쓴다. 일본산 콩은 무려 이틀 동안 삶는다고 한다. 좋은 재료로 정성껏, 팔십 년 가까이 한 자리에서 만들어 온 안미츠를 마주하자 절로 고마움이 흘러나온다.

이십 년 전에 처음 여길 왔었다. 그때는 안미츠에 대한 애정보다 이런 일본식 디저트가 있다는 신기함이 더 컸다. 하지만 이후에는 도쿄의 신상 디저트에 마음을 뺏겨 한동안 찾지 않았다. 오랜만에 보는 맛은 어떨까.

먼저 콩을 먹어 본다. 달지 않고 부드럽지도 딱딱하지도 않고, 콩 특유의 떫거나 느끼한 맛이 없다. 우뭇가사리는 젤리처럼 쫄깃쫄깃하다기보다 조금은 물렁물렁한, 하지만 어릴 때 시장에서 먹었던 우뭇가사리보다는 단단하고 탄력이 있다. 단맛 없는 콩과 우뭇가사리를 흑설탕 시럽이 부드럽게 감싸 준다.

일본에는 마메칸톈豆寒이라고 해서, 삶은 붉은 완두콩과 우뭇가사리에 흑설탕 시럽만을 뿌린 디저트 메뉴가 따로 있다. 드라마 〈샐러리맨 긴타로의 달콤한 비밀〉에서 긴타로가 감격하며 먹었던 바로 그 콩 디저트.

더는 지체 말고 안미츠의 센터 격인 팥앙금을 맛볼까. 작게 한 숟갈 떠먹으니 부드러운 텁텁함이 입안 가득 퍼진다. 크리미한 질감과 적당한 단맛이 다른 재료들과 잘 어울리는데 특히 찹쌀경단과 찰떡궁합이다. 찹쌀경단은 쫄깃쫄깃 보들보들, 앉아서 오십 개는 먹을 수 있을 것 같고, 귤조림은 설탕 맛 대신 귤의 상큼함을 잘 살려 안미츠에 킥이 된다. 찹쌀떡도 당연히 맛있고, 조린 밤은 말해 뭐 해. 만약 늦여름이나 가을철에 이곳을 찾게 된다면 저를 전적으로 믿으시고, 밤 안미츠를 주문하시기 바랍니다.

안미츠는 잘난 척하지 않는 디저트다. 사람으로 표현하면 자의식 따위 신경 쓰지 않는 타입 같다. 각각의 재료가 서로 이기겠다며 고집부리지 않으며 주인공인 팥 역시 크게 두드러지지 않는다. 모든 재료가 확실한 존재감을 발휘하면서도 서로 받쳐 주며 하나로 어우러진다. 그 어떤 실력파 아이돌 그룹도 이렇게는 못할 것이다.

묵묵히 음미하다 보니, 재료 하나하나의 고유한 맛이 느껴져 과연 흑설탕 시럽이 필요할까 싶다. 아마 시럽은 우뭇가사리와 붉은 완두콩을 위한 거겠지. 다음에 온다면 그 외의 재료들은 시럽을 최대한 안 묻히고 먹어 봐야겠다.

어느새 텅 빈 그릇을 보니 뱃속 가득 행복이 들어찬다. 계산대에 서서 점원에게 한마디 건넨다.

- 여기, 이십 년 전에 온 적이 있어요.

- 어머나, 감사합니다! 어떠셨을까요. 맛있으셨어요?

- 역시요. 아니, 그때보다 더 맛있네요.

- 아아, 기뻐라. 감사합니다! 또 찾아 주세요.

이십 년 전에는 신기한 맛으로만 먹었지만 오늘은 재료 하나하나의 맛이 모조리 느껴졌답니다. 가게, 오래오래 계속해 주세요.

과거에 좋아했던 가게를 다시 찾는 게 망설여질 때가 있다. 예전의 그 맛이 아닌 걸 확인하면 쓸쓸하고, 달라진 내 입맛을 느끼는 것도 당혹스럽다. 하지만 안미츠 미하시는 그때보다 더 맛있게 그 자리에 머물고 있다.

가게를 빠져나오고 나서도 어쩐지 발이 떨어지지 않아서 맞은편에 서서 한참 바라본다. 그저 호기심에 안미츠를 맛보았던 이십 년 전의 나는 어느새 안미츠의 진짜 맛을 아는 어른이 되었다.

9

일본어라는 옷

。
。
。

나에게 일본어는 얇은 겉옷 한 벌이다. 있으면 편리하지만 없어도 사는 데 지장은 없다. 이 옷뿐 아니라 다른 옷도 여러 벌 있으면 살기 편할 것 같아 긴 세월 동안 이 언어 저 언어 기웃거렸다. 끝까지 살아남은 건 오직 일본어뿐.

도쿄에 막 도착하면 옷 입은 것도 잊은 채 영어가 먼저 나온다. 영어를 잘하지도 않는데 일본어가 나오지 않는다. 나도 더듬더듬, 그쪽도 더듬더듬이라 오히려 말이 통한다.

하루가 지나도 나의 혀는 여전히 모국에 머물러 있다. 얇은 겉옷을 벗지도 입지도 못하는 느낌. 음식을 주문할 때면 영어와 일본어를 섞어서 쓴다. 마치 따뜻한 아이스아메리카노처럼 말한다.

대학에서 일본어를 전공했지만 졸업한 지 이십 년이 훌쩍 넘었다. 몇 년 전, 영어 공부를 시작하고 나서 일본어가 조금씩 퇴보하더니 점차 일본 콘텐츠를 접하는 시간이 줄어들면서 초급 수준으로 전락했다. 작년에 만난 일본인 친구는 말했다. "너 외국인처럼 말한다." 나 외국인이야 인마.

우습게도 여행을 마칠 즈음 귀가 트이고 말이 나온다. 서울로 가는 비행기를 타러 온 공항에서 나의 일본어는 가장 유창하다. 집으로 돌아가기 아쉬운 순간이다. 몸에 착 맞는 겉옷을 아예 벗지는 못하고 허리에 대충 묶어 둔다.

　김포공항에 도착해 집으로 돌아가는 지하철에서도 겉옷은 허리춤에 매달려 있다. 문자와 언어에 민감하면서도 둔감한 나에게 금방 켜지고 꺼지는 언어 스위치 따위 없다. 한 시간 정도 우리말로 나오는 지하철 안내 방송을 듣고 한글로 쓰인 역 이름을 읽고, 다른 승객의 대화 소리를 듣고 나면 서서히 겉옷을 벗을 차례.

　집에 도착하면 머리도 마음도 몸도 한글이 된다. 허리에 걸친 겉옷을 스르륵 벗어 여행 가방에 넣어 둔다.

긴자를 어슬렁어슬렁

。
。
。

　　예로부터 긴자는 멋쟁이들의 동네, 어른의 거리였다. 1971년, 일본에 맥도날드 1호점이 생긴 곳도 긴자다(지금은 없어졌다). 2차 세계대전 패전 후 초토화되었지만 백화점이 다시 들어서고 고급 브랜드숍과 유서 깊은 노포가 명맥을 유지하며 부흥에 성공한 동네. 정치인들이 비밀 회동을 하거나 기업인들이 접대를 위해 모이는 긴자는 큰돈이 움직이는 곳이기에 일본의 80년대 버블경제 전성기를 이야기할 때 빠지지 않는다.

　　언제나 쇼핑객과 여행자들로 북적이지만 주말에는 도로에 차가 다니지 않는 '보행자천국'이 진행된다. 긴자 한복판을 유유자적 걷는 즐거움은 고금을 막론하고 모두가 반기는 것이었나 보다. 긴자를 어슬렁어슬렁 걷는다는 뜻의 '긴부라銀ぶら/ぎんブラ'라는 단어까지 있을 정도. 오래된 조어임에도 여전히 쓰이는 말이다.

　　오후에는 긴부라를 해 보기로 한다. 일단 밥부터 먹그. 안미츠를 먹어도 속이 멀쩡한 걸 보니 쌀밥을 먹어도 괜찮을 것 같다.

　　긴자에 갈 때마다 들르는 밥집이 하나 있는데 소혀구이(牛タン: 규탄) 전문 식당이다. 일본인들은 소혀구이를 참 좋아하는데, 마블링이 발달되어 부드럽고 촉촉한 부위다. 연기가 펄펄 나는 고깃집을 좋아하지 않아서 평소에는 거의 가지 않지만 이 식당은 조금 다르다. 고깃집이라기보다 반찬이 고기로 나오는 밥집 느낌. 이름은 네기시ねぎし. 나미키 거리並木通り에 있다.

건물 지하에 있는 식당으로 들어서면 고기 굽는 냄새가 방향제 역할을 대신하는 공간이 나타난다. 카운터석과 테이블석이 있는데 카운터석에 앉으면 주방장이 석쇠에 고기를 굽는 모습을 볼 수 있다. 카운터석 한 자리를 차지한 다음, 얇게 자른 소혀구이 정식을 주문한다. 정식에는 밥, 국, 반찬과 함께 육수로 맛을 낸 참마를 갈아 밥 위에 얹어 먹는 도로로とろろ와 손바닥 반만 한 고기 조각이 다섯 개 나온다.

하지만 뭐니 뭐니 해도 이 식당의 메인은 고기가 아닌 국이다. 맑은 소고깃국에 대파의 흰 부분을 채로 썰어 넣어 주는데 투명한 국물에서 어떻게 이런 맛이 나는지 산뜻하면서도 깊고, 구수하다.

백미에 보리를 섞은 밥은 원하는 만큼 리필할 수 있다. 리필을 일본어로는 '오카와리お代(わ)り'라고 하는데 쌀밥을 취급하는 정식집에서는 대부분 밥 추가가 무료다. 옆자리에 앉은 남성은 애초부터 밥을 곱빼기로 주문하고 있다.

잠시 후 등장한 소혀구이 정식. 비스듬하게 석쇠 자국이 나 있는 고기는 윤기가 반질반질하다. 반찬으로는 채소절임 두 종류가 나오는데 밥이랑 잘 어울린다. 언제 와도 기본은 하는 밥집. 또 탈이 나면 큰일이기에 평소보다 더 시간을 들여 천천히 꼭꼭 씹어 먹는다.

소화를 시킬 겸 쇼핑을 하기로 한다. 먼저 무인양품에서 순면 속옷과 호지차 티백을 사고, 손수건을 사기 위해 로프트LOFT로 이동한다. 손수건은 도쿄에 올 때마다 꼭 사는 최애 아이템 중 하나다.

예전에는 백화점 1층마다 손수건 코너가 있었는데 수지가 맞지 않는지 아니면 이용객이 줄었는지 매장이 없어지거나 축소되었다. 하지만 로프트에는 여전히 손수건 코너가 있다. 가장 좋아하는 브랜드는 하마몬요HAMAMONYO.

십 년 전, 가마쿠라를 여행할 때 기념품 가게에서 처음 알게 된 브랜드인데 한 번 써 보고 팬이 되었다. 백 퍼센트 일본산 순면이 양쪽으로 붙어 있어 부드러우면서도 도톰하고, 구석에는 후지산, 동물, 맥주잔 등 귀여운 자수가 박혀 있어서 쓸 때마다 기분이 좋고, 선물용으로도 손색이 없다. 사이즈도 적당하고, 막 세탁해도 돼서 쓰기 편하다. 자수별로 다 사고 싶은 걸 참고 딱 다섯 개만 산다. 부지런히 쓰다가 낡으면 또 와서 사야지.

손수건 쇼핑을 마치자 날이 저물어 있다. 역시 긴자는 밤이 예쁘다. 와코 백화점和子/WAKO과 미츠비시 백화점三菱/MITSUBISHI이 동시에 보이는 횡단보도 앞에 서서 긴자의 어둠을 가만히 응시한다. 긴부라하는 사람들의 발걸음이 분주하면서도 경쾌하다.

10

며칠 후면 대학생이 된 첫 조카의 생일이다. 올해만큼은 특별한 선물을 해 주고 싶다. 좋아하는 가죽 제품 브랜드의 지갑을 사 주면 어떨까.

마츠야 거리松屋通り를 걷다 보면 'genten'이라 쓰인 정사각형 간판이 보인다. 겐텐은 일본어로 '원점'이라는 뜻. 도쿄에 올 때마다 들러 뭐라도 하나 사 오는 브랜드인데 도쿄 여러 곳에 지점이 있지만 나는 여기로만 온다. 매장이 너무 넓지 않아 쇼핑하기에 편하고, 자주 가서 익숙한 곳이라 좋다.

나무 손잡이가 달린 유리문을 열고 매장으로 들어가자, 가죽 가방과 지갑 및 각종 소품이 단정하게 놓여 있다.

- 스무 살이 된 조카의 생일 선물로 지갑을 사려고 해요.

내 말에 점원은 차분하게 이것저것 보여 준다. 모양은 이러이러한 게 있고, 크기는 이러이러한 게 있고. 이건 올해 처음으로 출시된 제품인데 반응이 좋고, 카드를 많이 쓰는 타입인지 현금을 많이 쓰는 타입인지에 따라 추천이 달라집니다. 정신을 차리고 보니 눈앞에 지갑이 열 개쯤 놓여 있다. 번뜩 마음이 움직인다.

- 제 것도 사고 싶어요. 지갑 두 개 살게요.

점원은 미소를 지으며 어떤 스타일을 좋아하는지 묻는다. 가죽의 종류는 잘 모르지만 질감은 부드럽고 흔하지 않으면서 튀지도 않는 색상에 중간 사이즈 지갑을 좋아합니다. 개떡같이 말해도 찰떡같이 알아듣는 점원은 내가 좋아할 만한 제품들을 보여 준다. 그중에서도 부드러운 가죽에 두 번 접히는 중간 크기에 동전도 수납할 수 있는 지갑을 권한다. 맞아요, 이런 걸 원한 거예요. 갈색과 올리브그린색 중에 고민하다 거울을 보고 들어 보면서 올리브그린색으로 결정.

평소 지갑을 자주 잃어버리는, 현금보다 카드를 자즈 쓰는 조카를 위해서는 조금 작은 크기의, 카드를 넉넉히 넣을 수 있는 지갑을 추천해 준다. 모양은 마음에 드는데 색깔이 고민된다. 분홍색과 아이보리색 중에 어떤 걸로 할까. 분홍은 너무 분홍인가. 아이보리는 또 너무 아이보리인가. 한참 망설이자 점원이 속삭인다.

- 제가 미는 건 아이보리랍니다.

- 스무 살한테 아이보리는 좀 원숙해 보이지 않을까요?

- 스무 살이 오히려 이런 색을 좋아해요.

왜요? 라고 물으며 장난치고 싶었지만 그럴 변죽도, 체력도 없다. 대답 대신 은은한 미소를 지으며 아이보리색으로 결정.

순식간에 지갑 두 개를 사 버렸다. 이러려고 들어온 게 아닌데 어쩔 수 없네. 고이 포장한 지갑을 들고 매장을 빠져나온다. 어둑한 거리를 걷고 있으니 입꼬리가 자꾸 올라간다. 소중한 사람을 위해 고심 끝에 선물을 고르는 일은 역시 즐겁다. 생각지도 못했지만 나를 위해 여행 선물을 사는 일도 참으로 행복하구나. 이상한 사람처럼 보일 정도로 배시시 웃으며 마츠야 거리를 걷는다.

공원에서 아침 먹기

∘ ∘ ∘

　　영화 〈퍼펙트 데이즈〉를 보면 도쿄에서 하고 싶은 일들이 퐁퐁 샘솟는다. 이다음에 간다면 공중화장실을 유심히 봐야지. 주인공 히라야마 씨가 들르던 아사쿠사역 지하의 선술집도 궁금하고, 스카이트리를 바라보며 걸어도 좋겠지. 구엇보다 영화를 보는 내내 끌렸던 것은 공원에서의 휴식이다.

　　이번 도쿄 여행 계획 중 하나는 '공원에서 아침 먹기'다. 다른 끼니는 아무거나 괜찮으니까 아침 한 끼만큼은 공원에 앉아서 초록을 바라보며 먹고 싶다. 갓 구운 빵을 사서, 작은 음식과 음료수를 곁들여서.

　　다큐멘터리 〈펠리칸 베이커리〉는 도쿄에 있는 빵집 이야기다. 1942년에 창업해 식빵과 롤빵, 딱 두 종류만 만들어 파는 동네 빵집 펠리칸Pelican에서는 요리 전문가들이 극찬하는 식빵을 판다. 빵이라면 무조건 반기는 내가 가장 좋아하는 빵은 바로 식빵. 갓 구워 폭신한 식빵을 아무것도 바르지 않고 손으로 좍좍 찢어 먹는 걸 좋아한다. 다큐멘터리를 보는 내내, 이다음에 도쿄에 간다면 꼭 들러야겠다고 다짐했다.

　　오늘이 그날이다. 펠리칸에서 식빵을 산 다음 공원으로 가는 날. 편의점에서 마실 것을 고르고, 채소를 먹을 수 있는 샐러드도 곁들이면 좋겠다. 그 생각 하나로 아침 여덟 시 반, 펠리칸 빵집과 가까운 구라마에蔵前역으로 향한다.

　　들뜬 발걸음으로 지하철역에 도착했지만 교통카드 스이카를 숙소에 두고 왔다는 걸 깨닫는다. 이런. 어제 입은 바지 주머니에 넣어 두었나? 왔던 길을 되돌아가야 하잖아. 절로 한숨이 나지만 사소한 실수에는 관대해지기로 한다. 이런 나를 내가 받아 주지 않음 누가 받아 줘?

또 한 번 산책하는 기분으로 왔던 길과는 다른 길로 걸어가니 정겨운 풍경이 눈에 들어온다. 골목 구석에 있는 한식당, 산책하는 강아지, 출근을 서두르는 회사원, 교복 차림으로 등교하는 학생들. 모두가 바빠 보이는 거리를 느릿느릿 산책하는 것도 여행자의 특권이다.

스이카는 어제 입은 바지 주머니에서 발견되었다. 지갑을 샀는데 왜 쓰질 못하니. 반질반질한 새 지갑에 고이 넣고 지하철역으로 향한다.

구라마에역에서 내려 구글 지도에 의지해 길을 찾는다. 한적한 주택가를 하염없이 걷다 보니 아침인데도 볕이 뜨거워 땀이 새어 나온다. 얼마쯤 더 걷자 어느새 가게 근처에 다다랐다는 스마트폰 진동이 울린다.

일본의 오래된 맛집은 왜 대부분 차양이 빨간색일까. 저 멀리 보이는 펠리칸의 차양도 마찬가지다. 그 앞에는 손님들이 이미 줄을 서 있다. 아침 8시면 여는 빵집은 오픈 시간부터 행렬이 이어지고, 주말에는 점심이 되기도 전에 완판된다고 한다. 오늘은 평일 오전이라 그런지 비교적 한산하다.

작은 구멍가게만 한 점포는 빵집이라기보다 소규모 빵 작업장 같다. 여기서는 포장 판매만 하고, 현금 결제만 가능하다. 식빵은 크기별로 판매하는데 제일 작은 게 한 뼘 정도 크기여서 그걸로 고른다. 계산을 마치고 빵이 든 비닐봉지 아래에 손바닥을 대 보니 아직 온기가 남아 있다.

도쿄는 토지 면적에 비해 공원이 많은 도시다. 구글 지도를 검색해 보니 근처에 공원이 있다고 한다. 가까운 공원 하나를 골라 길을 찾아 걷다가 편의점에 들러 나머지 아침거리 장을 보기로 한다.

오늘의 메뉴는 커피우유와 물, 요거트, 길게 자른 당근과 오이, 무를 참깨 드레싱에 찍어 먹을 수 있는 채소 스틱. 공원에서 먹을 아침으로 완벽하지 아니한가. 비닐을 쓰기 싫어 이 모든 걸 품에 안고 걷다 보니 점점 발걸음이 빨라진다.

스마트폰 지도를 확인하지도 못한 채 직진하다 보니 난데없이 작은 공원이 하나 나타난다. 이름도 없는, 조그만 그네 두 개와 미끄럼틀이 전부다. 둘러보니 궁둥이를 붙일 수 있는 벤치도 있다. 멀리 갈 게 뭐 있어. 여기다.

자리를 잡고 앉으니 어깨 위로 부드러운 바람이 불어온다. 눈앞에는 울창한 나무가 늠름하게 서 있다. 나무 위를 올려다보니 나뭇잎 사이로 힘찬 햇빛이 부서지듯 빛난다. 〈퍼펙트 데이즈〉에서 코모레비komorebi/木漏れ日라고 소개한, 나뭇잎 사이로 비치는 햇살. 오직 이 순간에만 존재한다는 그것. 그 아래 나는 무릎에 식빵을 올려 둔 채 앉아 있다.

드디어 식빵을 맛볼 차례. 따끈한 식빵을 손으로 뜯으려는데 잘 뜯어지지 않는다. 차지고 밀도 높은 식빵이라고 하더니, 껍질부터 쫄깃함을 넘어 질기다. 힘주어 뜯어 한입 베어 무니 이건 뭐 고기도 아니고 질겅질겅하게 씹힌다. 한참을 우적거리니 입안 가득 고소함이 퍼진다. 질긴 건 이쯤 씹고 식빵의 중심인 흰 부분을 먹어 볼까. 뽀얀 속살은 뜯을 때부터 부드러움이 남다르다. 입에 넣고 몇 번 씹으니 고소하고 쫄깃하고. 와, 이것이야말로 아무것도 바르지 않아도 충분한 식빵이다.

커피우유도 한 모금 마시고, 중간중간 채소 스틱도 먹어가며 저속노화 식사를 도모하고 있는데 식빵 냄새를 맡은 참새 한 마리가 근처를 맴돈다. 너도 빵사랑단이니? 참새를 내려다보다 나무 밑동에 시선이 머문다. 혹시 주변에 히라야마 씨가 분재로 삼을 만한 풀이 돋아나 있진 않을까 싶어서.

공원에는 나 말고는 아무도 없다. 햇살은 점점 뜨거워지지만 마냥 앉아 있고 싶다. 벤치 깊숙이 등을 대고 구부렸던 다리를 길게 뻗어 본다. 어디선가 부드러운 바람이 불어와 나뭇가지에 붙은 여린 나뭇잎이 미세하게 흔들린다. 문득 생각한다. 아니, 이게 뭐라고 평소에는 이런 시간을 가질 생각조차 못 했나. 뭐가 그렇게 바빠서. 과연 나는 집에 돌아가서도 공원에서 아침을 즐길 수 있을까.

〈퍼펙트 데이즈〉에서 갑자기 바다를 보러 가자는 조카의 말에 히라야마 씨는 말한다.

- 다음에.

- 다음이 언젠데?

- 다음은 다음이지.

- 다음이 언제냐고?

- 다음은 다음이고, 지금은 지금.

그래. 다음에 대한 생각은 접어 두고, 바로 지금 아침 먹는 일에만 집중하자. 다음은 다음이고, 지금은 지금이니까. 같은 빵사랑단 멤버인 참새가 점점 더 가까이 다가온다.

오늘 나의 아침은 그의 휴일보다 완벽한 것 같다.

Pelican
BRAND

止まれ
自転車を除く
一方通行
15

여전히 책이 외면받지 않는 도시

○
○
○

한강 작가의 노벨문학상 수상 소식이 발표된 날, 나는 도쿄에 있었다. 그날 일정을 마치고 침대에 누워 스마트폰으로 인터넷 검색을 하다 몸이 절로 일으켜졌다. 맙소사. 진짜야?!

서둘러 소셜미디어에 들어가 보니 수상 소식을 기다리는 출판사 직원들의 영상이 떴다. 결과가 발표되자 놀라움을 감추지 못하는 얼굴들. 어리둥절한 표정을 거두고 얼른 야근에 돌입하는 모습이 지극히 현실적이었다.

기사와 트위터 멘션들을 번갈아 둘러보고 있자니 가슴이 웅장해졌다. 문학을 사랑하는 자로서 가만히 있을 수 없었다. 침대 헤드에 등을 기댄 채 도쿄의 대형 서점을 검색했다. 마침 다음 날은 서울로 돌아가는 날. 하지만 저녁 비행기라 오전과 오후를 통으로 쓸 수 있었다. 귀국 전까지 서점 순찰을 나가 봐야지. 동선을 파악하며 몇 갠가의 서점을 추렸다.

과연 일본은 대한민국 작가의 수상 소식에 어떻게 대처하고 있는가. 무라카미 하루키가 아닌 한강 작가의 노벨문학상 수상을 어떻게 받아들이고 있는가.

다음 날 아침. 나카메구로 츠타야TSUTAYA로 향했다. 하지만 아무리 둘러봐도 노벨문학상과 관련한 매대는 꾸며져 있지 않았다. 서가를 둘러봐도 한강 작가의 작품은커녕, 한국 작가의 번역본도 보이지 않았다. 서점에서 책을 보는 독자들 역시 노벨문학상 소식 따윈 모르고 있는 눈치였다. 슬금슬금 직원에게 다가갔다.

- 한강 작가의 작품이 있나요?

- …… 누구요?"

- 한국의 한강 작가요, 노벨문학상을 수상한…….

- 아!

직원은 등 뒤의 컴퓨터로 검색을 시작했다. 하지만 잠시 후 돌아온 말은,

- 재고가 없네요.

아니, 저기요. 지금 전 세계가 열광하는 노벨문학상 수상자의 작품이 한 권도 없다는 게 말이 됩니까? 서점 직원이 한강 작가의 수상 소식도 모르고 매대도 안 꾸며 놓다니요. 문꼰(문학 꼰대)으로서 한마디 하고 싶었지만 나는 그저 한 떨기 내향인. 기어들어 가는 목소리로 알겠다고 대답하고 서점을 빠져나왔다.

아직은 식지 않은 기대를 끌어안고, 다이칸야마 방향으로 몸을 틀었다. 한참을 산책하듯 걸어 도착한 츠타야 다이칸야마점에도 노벨문학상의 향기 따위 느껴지지 않았다. 무라카미 하루키가 아니어서 그런 걸까. 이 나라 사람들은 잘 알지 못하는 한강 작가의 수상 소식 따위 하등 관심 없는 일일까. 아무래도 좀 그렇네.

아쉬운 마음에 서가를 둘러보며 한강 작가의 일본어 번역본과 영문판 소설을 찾아봤지만 겨우 한두 권 꽂혀 있을 뿐이었다. 전 세계 서점의 유행을 주도한다는 공간에서 올해 노

벨문학상 수상 작가의 작품을 이렇게 찾기 어렵다니.

실망할 시간에 이케부쿠로池袋로 향했다. 이케부쿠로역과 이어진 토부TOBU 백화점 7층에는 대형 서점 아사히야旭屋書店가 입점해 있다. 백화점 위층에 있는 만큼 지역 주민들이나 어린이, 가족 단위의 고객이 많이 찾는 서점 같았다. 어렸을 때 자주 가던 롯데월드에도 비슷한 서점이 있었는데. 이름은 세종서점. 거기서 참고서도 사고, 고심하며 소설책을 고르곤 했는데 이제는 없어진 지 꽤 됐다.

하지만 이곳 역시 그 어디에도 한강 작가의 향기는 느껴지지 않았다. 어린이 도서와 참고서, 자기계발서와 패션잡지가 진열된 코너에만 사람들이 몰려 있었다. 혹시나 하고 서가 쪽을 찾아봐도 한국 문학을 찾기조차 힘들었다. 이게 일반적인 일본 서점의 분위기일까?

이케부쿠로에는 대형 서점이 하나 더 있다. 이름은 준쿠도ジュンク堂書店. 그 옛날 종로서적 같은 느낌으로, 건물 전체를 서점으로 사용한다.

반갑게도 이곳에는 1층 입구에 노벨문학상 관련 팝업이 마련되어 있었다. 2층 문학 코너에도 이제껏 갔던 서점 중에는 가장 많은 한강 작가의 책들이 전시되어 있었다. 보는 사람은 많지 않았지만 특별 코너가 꾸려진 것만으로도 마음이 다뜻해졌다. 출판계 소식에 발빠르게 대응하는 순발력에 책에 대한 순수한 마음마저 느껴지는 서점이었다.

전통적인 느낌의 서점이 주는 아늑함과 편안함에 이끌려 층마다 구경했다. 이곳에는 한국 작가들의 번역본이 진열된 코너가 따로 있었는데 평소 좋아하는 작가의 작품도 속속 보여 반가웠다. 그중 알고 지내는 작가들의 책은 사진을 찍어 따로 보내 주었다. 예전에 누군가가 도쿄 서점에 있는 나의 책을 사진 찍어 보내 주었을 때 참 고마웠기 때문에.

마지막으로는 신주쿠로 향했다. 신주쿠 기노쿠니야紀伊國屋書店는 며칠 전 이미 방문해서 다량의 책을 구매했지만, 도쿄에서 가장 상징적인 서점이니 다시 가 볼 필요가 있었다. 기대를 가득 품고 들어섰지만 입구 매대에는 한강 작가의 책 한 권 진열되어 있지 않았다. 사람이 가장 많이 오가는 1층 매장 전체를 아무리 둘러보아도 노벨문학상의 '노'자도 보이지 않았다. 이거, 이거, 이거! 너무 안이한 거 아닙니까?

서둘러 2층으로 올라가 보니 가장 시선이 많이 머무는 곳에 급하게 마련된 매대가 보였다. 하지만 매장에 비치된 한강 작가의 번역본은 얼마 없는 듯 『채식주의자』와 『흰』의 영문판 몇 부만이 썰렁하게 놓여 있었다. 그 옆에는 손으로 쓴 '축!! 노벨문학상 수상! Han Kang'이라는 종이가 붙어 있었다. 'Han Kang'이라는 글씨만 손으로 쓴 걸 보니 수상 소식을 접하자마자 부랴부랴 만든 것 같았다. 그래, 지금쯤 도쿄의 많은 서점이 재고를 마련하기 위해 혈안이 돼 있겠지. 뿌듯한 마음으로 매대에 놓인 한강 작가의 책을 바라보았다.

祝!!
ノーベル文学賞 受賞！
Han Kang
来店前にご注文下さい。
ご用意してお待ちしますので
すぐお受け取りになれます。
KINOナビ で 検索
ノーベル文字賞って、どんな賞？
HUMAN ACTS
THE VEGETARIAN
HAN KANG
흰
THE WHITE BOOK
GREEK LESSONS
GREEK LESSONS
PRIX MÉDICIS
ÉTRANGER 2023
楽園
ノーベル文学賞受賞！
2017年 受賞
カズオ・イシグロ
（イギリス）
受賞
受賞
毎日出版文化賞
毎日出版文化賞

어느새 내 옆에는 뉴스를 취재하는 카메라와 기자가 와 있었다. 행여나 카메라에 잡힐까 봐 몸을 숨겼다. 어슬렁대다 괜히 인터뷰라도 당하면 곤란하다. 안다. 자의식 과잉인 거.

한강 작가의 책 뒤에는 무라카미 하루키의 책이 줄줄이 진열되어 있었다. 기노쿠니야는 하루키가 아닌 한강 작가의 노벨상 수상 소식을 받아들이지 못하고 있는 것이다. 한강 작가의 책보다 더 높이 쌓여 있는 하루키의 책을 바라보니, 굳이 그곳에 자국 작가의 책을 줄줄이 진열해 놓은 심보가 우스웠다. 나, 애국심 같은 거 없는 사람인 줄 알았는데 절로 마음이 가을 하늘처럼 공활한데 높고 구름 없었다.

어느덧 공항으로 향할 시간이 됐다. 갑자기 시작된 셀프 특파원 활동으로 인해 코미디 공연 관람을 포기해야 했고, 종일 제대로 된 음식을 못 먹었지만 조금도 아쉽지 않았다. 서점을 돌아다니는 동안에는 활동 소식을 부지런히 소셜미디어에 올렸다. 아무도 임명하지 않은 도쿄 특파원이었지만 소식을 전하는 동안 기쁘고 보람찼다. 대한민국 최초의 노벨문학상 수상이라는, 그가 같은 여성인 한강 작가라는 감격스러운 소식을 타국에서 느낄 수 있어 뿌듯했다. 나도 이런데 한강 작가의 책을 함께 만든 사람들은 얼마나 기쁠까. 오랜 시간 팬이었던 독자들은 또 어떨까. 그보다 한강 작가의 마음은 어떨까.

좋은 뉴스는 듣는 것만으로도 마음이 풍성해지는구나. 누군가에게 나도 그런 소식을 전하는 사람이 될 수 있을까.

작가는 그런 소식을 기대하고 글을 쓰지 않는다. 한강 작가 역시 하루하루 한 문장 한 문장 써 오다 오늘을 맞이한 거겠지. 그 시간에 무한한 존경을 느끼며 서울행 비행기에 올랐다.

　서점이라면 늘 질리게 돌아다녀 이번 여행에서만큼은 가고 싶지 않을 줄 알았는데 어김없이 찾고 만다. 평소 도쿄를 여행할 때는 서점을 중심으로 일정을 꾸린다. 도쿄에서 가 볼 만한 서점을 소개한다.

마루젠 MARUZEN

　도쿄역 근처에 있는 대형 서점으로 1층부터 4층까지가 서점인데 책은 물론 문구류, 장난감, 종이 등도 팔고 있어서 구경하거나 쇼핑하기 좋다. 최근 베스트셀러는 무엇인지, 어떤 책들이 메인 코너에 진열되어 있는지 동향을 파악하고, 매대에는 어떤 테마의 책들이 놓여 있는지 살핀다. 책의 얼굴인 표지 종이나 질감, 타이포나 일러스트 등도 유심히 본다. 책 제작에 도움이 될 만한 것들을 하나둘 고르다 보면 장바구니가 점점 묵직해진다.

　업무에 관한 책을 충분히 봤다면 읽고 싶은 만화책을 고르고, 시집이나 그림책도 둘러본다. 한국 작가의 작품들은 어떤 것들이 주목받고 있는지도 찾아본다. 작년까지만 해도 이 서점에서는 『보노보노처럼 살다니 다행이야』의 일본어판을 팔고 있었는데, 검색해 보니 일 년 사이에 '재고 없음'으로 뜬다. 누가 사간 걸까, 아니면 반품 처리된 걸까.

　마루젠은 내가 도쿄에서 가장 좋아하는 서점이라, 도쿄에 갈 때마다 빠짐없이 들른다.

MARUZEN
MARUZEN
MARUZEN
3F
EHON

기노쿠니야 *紀伊國屋書店*

우리나라로 치면 교보문고 같은, 정통 대형 서점이다. 다양한 책을 읽어 보며 구매하기에 가장 편리한 장소다. 공간 자체가 책에 집중하는 느낌이 강하다. 만약 도쿄를 대표하는 대형 서점을 단 한 곳만 방문하고 싶다면 이곳을 추천한다.

여기에도 『보노보노처럼 살다니 다행이야』의 일본어판을 팔고 있어서 갈 때마다 체크하는데, 여전히 한 권이 남아 있다. 일 년 동안 한 권도 안 팔린 걸까, 아니면 새로 입고된 걸까.

츠타야 TSUTAYA

영상물 및 음반 대여점으로 일본 전국 동네마다 있었던 츠타야가 2003년, 롯본기에 24시간 영업하는 서점을 냈다. 개점 즉시 도쿄의 명소로 자리를 잡은 이곳은 일본 서점의 판도를 바꾸었다. 공간에 푹 잠기는 느낌이 드는 이 서점에서는 비닐 포장 되어있지 않은 잡지들을 원 없이 읽을 수 있고, 구하기 힘든 예술 서적이나 사진집도 자유롭게 구경할 수 있으며 카페에 책을 들고 들어가 커피를 마시며 읽을 수 있다. CD 및 LP도 판다. 주머니가 가벼웠던 이십 대 때에는 도쿄 땅에 발이 닿자마자 가서 몇 시간씩 짱박히곤 했다.

이후 다이칸야마, 나카메구로, 긴자 등에 지점을 낸 츠타야는 여전히 도쿄에서 가장 핫한 서점이다.

책에 집중하는 공간인 마루젠과 기노쿠니야, 공간을 둘러보며 문화와 예술적 감성을 누리는 츠타야의 장점만을 섞어 축소해 놓은 것 같은 서점이다. 땅값 비싸기로 유명한 아자부 지역에서도 가장 핫한 복합쇼핑몰 아자부다이힐스麻布ダイヒルズ 안에 입점한 서점이라니. 이 사실만으로도 오묘한 감동을 느끼고 만다. 책 안 팔릴 거 뻔히 알면서도 금싸라기 땅에 서점을 내는 대표의 배포. (라임 어때요?)

행여나 책이 안 팔려서 언젠가 폐점하는 건 아닌지 염려되는데, 그도 그럴 것이 내가 머무는 동안 책을 구경하는 사람은 많았지만 사는 사람은 거의 없었다.

츠타야처럼 다양한 기념품과 문구류 및 외국 서적을 판매하고, 잡지 역시 얼마든지 펼쳐 볼 수 있게 진열되어 있다. 서점 안에는 술과 커피를 마시며 책을 읽을 수 있는 '슬로 페이지slow page'라는 바도 있다.

특히 마음에 드는 점은 어린이용 그림책 코너가 따로 있다는 것. 아이들이 비좁은 의자에 옹기종기 모여 앉아 그림책을 읽는 모습에 마음이 몽글몽글해진다. 서가 중간중간 의자와 방석도 놓여 있어서 책을 읽고 가기에도 좋다. 도쿄 대형 서점들이 궁금하지만 짧고 굵게 딱 한 군데만 가 보고 싶은 사람들에게 추천한다.

시부야퍼블리싱앤드북셀러즈SPBS

요즘 일본의 독립 출판물이 궁금하다면 이곳에 가면 된다. 늘 북적대는 시부야역에서 조금 떨어진, 한산한 맨션가에 위치한 이 서점은 이미 아는 사람들은 아는 유명한 곳.

일본의 독립 출판물 외에도 우리나라 작가들의 독립 출판물도 판매하고 있으며, 기성 출판사에서 나온 책들도 서점만의 감성을 담은 큐레이션으로 진열되어 있다. 자체적으로 만든 굿즈나 그릇, 의류나 액세서리도 있어서, 머물다 보면 시간 가는 줄 모른다. 도쿄 여행을 하다보면 시부야 지역에 들를 일이 한 번은 꼭 생기는데, 번화가의 분주함을 피해 여행의 감상을 정리하기에도 좋다.

　도쿄에서 유명한 고서점가로는 진보초神保町와 간다神田가 있는데, 우리나라 사람들에게는 진보초가 더 유명한 것 같다. 막상 들어가서 작품을 샅샅이 둘러보기에는 용기와 시간이 필요하지만, 고서점들이 줄이은 거리가 주는 따뜻함을 경험하는 것만으로도 가치가 있다. 다만 외관을 포함해 사진 촬영을 금지하는 서점들도 꽤 있다. 책을 사지는 않고 사진만 찍는 사람들 때문에 힘든 책방 주인들의 심정은 도쿄나 우리나라나 비슷하겠지.

　책 구경은 예상보다 금방 끝날 수 있으니 진보초에 간다면 레트로한 카페인 킷사텐喫茶店에 들러 몸과 마음을 내려놓는 시간을 권한다. 진보초는 예로부터 문인들과 편집자들이 모이는 동네여서 구석구석 킷사텐이 많다. 유명한 킷사텐은 오픈 시간부터 대기 줄이 이어진다.

　걷다가 우연히 발견한 '찻집 간다부라지루Kanda Brazil'라는 곳에 들어간다. 간판에서부터 세월이 느껴지는 점포다. 커피 원두는 주문을 받은 즉시 볶아서 내려 주는 만큼, 깊은 풍미를 자랑한다. 내부의 낡은 탁자와 의자를 보니, 이곳에서도 작가들과 편집자들이 업무 미팅을 했을 것만 같다. 여전히 가게 내에 흡연석이 따로 있는 걸 보면 여기서 줄담배를 피우며 원고를 고치는 작가도 많았겠지. 짐짓 비장해진 마음으로 아이스 블렌드 커피를 주문한다.

도쿄에서는 서점 나들이를 추천한다. 일본어를 읽지 못하더라도 서점이라는 공간이 주는 개방감과 아늑함을 누릴 수 있다. 입구에 발을 들이자마자 느껴지는 종이 냄새와 책에 고개를 파묻고 있는 사람들을 만나는 것도 반갑다.

독서인구 감소로 인한 매출 하락을 타개하기 위해 일부 대형 서점에서는 유료 서비스를 진행하고 있다. 서점 안에 별도의 공간을 만들어 입장료를 내고 들어가면 원하는 책을 무한정 읽을 수 있는 서비스다. 다이칸야마 츠타야에도 있고, 마루젠에도 있다. 롯본기에는 분키츠文喫라고 해서 일정 금액을 내면 온종일 머물며 책을 읽을 수 있는 문화공간도 있다. 분키츠는 우리말로 '문학을 즐긴다'라는 뜻.

길을 걸으며 우연히 서점이 나타나면 들어가 본다. 근처에 사는 사람들이 참고서를 사거나 읽고 싶은 신간이 들어왔는지 물어보러 들를 것 같은 동네 책방이다. 간판에는 정직하게 서점이라고 쓰여 있고, 유리문 너머 보이는 가게 안에는 책장마다 책이 빼곡하다. 책이라는 물성이 그저 콘셉트이자 인테리어가 되는 곳. 들를 때마다 문고본 한 권이라도 고르게 되는데, 계산할 때 가게 주인은 묻는다.

– 커버 씌워 드릴까요?

예, 라고 대답하면 눈앞에서 서점 주인이 능숙하게 황토색 종이를 접어 책 커버를 씌워 주는 과정을 지켜볼 수 있다. 수많은 반복으로 물 흐르듯 이어지는 손놀림은 유튜브 쇼츠

보다 재미있다.

도쿄에서는 지하철에 탈 때마다 종이책을 읽는 사람이 보인다. 내가 좋아하는 일을 여전히 즐기는 사람들을 만나는 일은 기쁘다. 그러니 책 안 팔린다고 낙심하지 말아야지. 도쿄에 올 때마다 내 일을 더 사랑해야지, 마음먹게 된다.

特価おもしろ本
古本 横丁
→→

ブッダ

特製　アラカルトコーヒー
各 ¥800円
ホット・アイス
カフェショコラ
キャラメルオレ
コーヒー
珈琲ゼリー　650円
カルアゼリー　750円
カルアアイスクリーム
ACE

테이크아웃。。해서 인。하기

여행에서 가장 큰 즐거움이 무엇이라 생각하는가. 대답에 따라 여행 스타일도 달라질 텐데 나에게는 '사소한 먹거리를 이것저것 사 들고 숙소로 돌아가는 밤'이다. 내향인은 여행 와서도 귀소본능을 거스를 수 없기에 여행만큼이나 숙소로 돌아가는 시간이 반갑다. 아니, 여정 중 가장 즐거울 수도.

편의점이나 동네 슈퍼에 들러 이리저리 구경하며 바구니에 담는 일. 개중에 눈이 휘둥그레질 만큼 맛있는 걸 발견해서 남은 여행 내내 매일 찾게 되는 일. 이 즐거움을 가장 고자극으로 즐길 수 있는 곳은 백화점 지하 식품 코너다. 일본어로는 데파치카デパチカ. '백화점 지하'의 줄임말이다.

도쿄 중심가마다 백화점이 여러 개 있는데, 데파치카를 즐기기 좋은 동네는 관광객들이 자주 찾는 긴자와 신주쿠다. 먼저 긴자에는 미츠코시와 마츠야MATSUYA가 있다. 미츠코시의 지하 식품 코너는 온갖 먹거리 매장이 다닥다닥 붙어 있어서 활기찬 분위기를 풍긴다. 디저트류보다 식사나 반찬 등의 종류가 풍부해 본격적으로 장 보는 느낌이다.

반면 마츠야는 여느 백화점보다 더욱 고급스러운 이미지를 갖고 있는 만큼 공간이 더 널찍하며 밝고 정돈된 느낌이다. 반찬이나 식사류도 많지만 예술 작품을 연상시키는 각종 화과자와 양과자, 과일을 이용한 디저트들이 더 눈에 띤다. 예쁜 초콜릿이나 치즈 코너도 넓게 마련되어 있고, 고급스러운 디저트 세트가 많아 선물 거리를 장만하기에 좋다. 숙소에 돌아가 펼쳐 놓고 먹을 것들을 사고 싶다면 미츠코시, 선물을 고르거나 앙증맞은 디저트류를 원한다면 마츠야를 권한다.

백화점 지하 식품 코너에는 각종 빵부터 밥이랑 반찬, 샐러드, 튀김까지 없는 게 없다. 죄다 맛있어 보이는 데다 예쁘고 깜찍한 제품도 많아서 한 바퀴 돌아보는 데도 시간이 꽤 걸린다. 이왕이면 식사를 대신할 수 있는 걸 찾고 싶어서 머릿속에서 식단표를 구상해 가며 아이템을 고른다.

오늘은 숙소로 돌아가기 전에 백화점에 들르기로 한다. 저녁거리를 테이크'아웃'해서 숙소로 '인'하기. 일부러 긴자까지 이동해, 미츠코시에서 장을 보기로.

먼저 일본식 조림 반찬을 파는 매장에서 조림 반찬 모둠을 산다. 두부, 죽순, 당근, 버섯, 곤약 등을 간장과 미림으로 달짝지근하게 졸인 음식이다. 밥이랑 먹어도 좋고, 술안주나 간식으로도 괜찮다. 이어서 샐러드 가게에서 홋카이도산 채소로 만든 샐러드를 딱 100그램만 산다.

그러고는 내 사랑 절임 코너로 향한다. 피클도 김치도 아닌 일본식 절임을 츠케모노漬け物라고 하는데 된장 색깔의 쌀겨에 절인 것을 누카즈케糠漬け, 소금과 술지게미로 절인 것을 나라즈케奈良漬け, 소금으로 살짝 절여 짠맛이 덜한 것을 아사즈케浅漬け라고 한다. 내 취향은 누카즈케다. 짜지도 시지도 않고, 딱 좋게 맛이 들어 산뜻하게 먹을 수 있고, 모든 음식과 잘 어울린다.

절임 코너를 한참 구경하다가 계절 한정 메뉴라는 무와

샤인머스켓 절임에 시선이 머문다. 별의별 게 다 있네. 맛이 궁금하지만 작은 용량으로 팔지 않는 밀봉 형태라 포기. 대신 흰 무와 오이, 당근이 조금씩 들어 있는 누카즈케를 산다.

이제 밥이 될 만한 걸 찾아야 한다. 채소 마키도 있고, 주먹밥도 있고, 유부초밥도 있다. 셋 다 괜찮은 것 같지만 가장 적은 양을 살 수 있는 유부초밥으로 결정. 손가락 두 개만 한 사이즈의 유부초밥을 와사비 맛, 우엉 맛으로 두 개 고른다. 여기다 상큼한 음료수 하나면 저녁 밥상으로 충분할 것 같다. 음료수는 숙소 앞 편의점에서 사는 걸로.

신주쿠 지역이라면 다카시마야高島屋 백화점을 추천한다. 긴자의 백화점들 못지않게 포장해 가서 먹을 만한 것들을 다양하게 판매한다. 예술 작품 같은 화과자나 디저트 선물 세트도 많아 구경하는 것만으로도 기분이 들뜬다.

더불어 신주쿠에는 도쿄에 여러 지점이 있는 딘앤델루카Dean and Deluca 매장이 있다. 각종 빵과 샐러드, 치즈와 햄 등 샤퀴테리도 파는데 내가 제일 좋아하는 것은 케일 샐러드. 올리브유, 레몬즙 그리고 파마산 치즈를 드레싱으로 쓴 샐러드인데 고소함이 입안에서 팡팡 터진다.

스프 전문점 스프스톡도쿄Soup Stock Tokyo도 있다. 여기서 파는 스프는 대부분 맛이 괜찮다. 낮은 커피잔 정도의 양이라 뜨끈하고 부드러운 음식을 가볍게 먹고 싶을 때 좋다.

숙소 주변에서 슈퍼마켓이 보이면 꼭 들어가 본다. 자체적으로 제작 판매하는 도시락이나 샐러드, 반찬을 구경하며 마음에 드는 걸 바구니에 담는다. 저녁 간식을 위해 간장 맛 센베를 사고, 차가운 젤리나 요거트도 자주 산다.

숙소에 거의 도착했을 즈음, 근처 편의점에 들러 시원한 음료를 장만한다. 피로 회복을 위해 비타민 음료로. 에코백 가득 들어 있는 음식에 이미 마음의 배가 부르다.

숙소로 들어와 냅다 신발을 벗고, 몸을 조였던 옷을 풀고 손을 씻은 다음, 침대 옆 일인용 소파에 앉는다. 가방 속의 아이템들을 하나둘 테이블에 늘어놓는 순간, 온몸에 붙어 있던 피로가 파편이 되어 후드득 떨어져 나간다.

작은 테이블에 옹기종기 모여 있는 오늘의 저녁 머뉴가 만족스럽다. 몸은 피곤하지만 책 쇼핑도 두둑이 했고, 먹을 것도 풍성하고, 이 얼마나 흐뭇한 밤이란 말인가. 천천히, 남김없이 먹으며 오늘 하루를 마무리해야지.

COMTÉ
¥1,910
モンドクー
サンドレ
¥2,501
ナチュラルチーズ

897円
秋刀魚と
秋の味覚
のっけ弁当

도쿄 달리기

○
○
○

혼자 사는 사람에게도
혼자만의 시간이 필요하다。

내향인의 도쿄。

김신회。

여름사람

친구 한 명은 몇 년 전부터 테니스에 빠졌다. 만날 때마다 테니스 이야기만 한다.

— 운동을 그렇게 열심히 하니까 체력, 장난 아니겠네?

— 아니. 오히려 몸이 아파.

아파도 계속하고 싶은 운동. 내게는 달리기가 그랬다. 몇 년간 매일 원고 작업이 끝나면 한강공원으로 가서 5킬로미터쯤 달렸다. 누구와도 대화하지 않아도 되고, 코치의 참견드 없이, 좋아하는 음악을 귀에 꽂고 하염없이 달리는 시간이 좋았다. 처음에는 잠깐 달리고도 119를 불러야 할 것 같았는데 점차 적응해 긴 거리를 달릴 수 있게 되었다. 나의 발전을 적어도 나는 느낄 수 있다는 점이 러닝의 매력이다.

본격적으로 러닝이 유행하고 나서부터 달리는 일이 뜸해졌다. '크루'라는 이름으로 무리 지어 달리는 사람들을 보면서 흐름에서 벗어나고 싶었다. 무라카미 하루키는 말했다. 달리기의 이점은 동료나 상대가 필요하지 않은 것이라고. 전적으로 동감한다. 달리기는 혼자 해도 충분한 운동이거늘 왜 모여서 뛰는가.

그래도 혼자 여행 갈 때만큼은 운동화를 꼭 챙긴다. 특히 도쿄에 갈 때는 더더욱. 황거 주변 러닝 코스를 달리고 싶어서다. 지하철 사쿠라다몬桜田門역, 또는 다케바시竹橋역 혹은 니주바시마에二重橋前역에서 내리면 푸릇한 나무 사이로 황거가 보이는데 이곳에 국왕 일가가 살고 있다. 관광객들이 많이 찾아 북적일 것 같지만 115만 평방미터에 달하는 대지 중간에 황거가 자리하고 있어 언제 가도 고즈넉하다. 여느 역사적 건물이 그렇듯 관광객을 위한 참관 투어를 진행한다.

이곳을 방문하는 사람들은 멀리서나마 국왕 일가를 볼 수 있을까 기대하지만 쉽게 볼 수는 없다. 국왕일가는 일 년에 딱 두 번, 시민들에게 인사하기 위해 옷을 차려입고 등장하는데 이를 '일반참하'라고 부른다. 매년 1월 2일에는 하루에 다섯 번, 천왕의 생일인 2월 23일은 하루에 세 번 베란다로 나와 시민들에게 손을 흔든다. 이때는 국왕 일가의 모습을 담기 위한 방송사 카메라들이 몰리고 시민들도 인산인해를 이루어 늘 조용한 황거 일대가 시끌벅적해진다.

황거 주변이 러닝으로 유명하다고 해서 처음에는 황거 건물 주변을 달리는 건 줄 알았다. 하지만 막상 가 보면 바닥에는 자갈과 돌멩이가 깔려 있고, '달리기 금지', '여기는 트랙이 아닙니다'라는 표지판이 있다. 알고 보니 주변으로 동그랗게 깔린 러닝 코스가 따로 있었다. 정확히 말하면 가이엔 정원(外苑庭園, 가이엔쿄엔)을 크게 돌며 달리는 것. 돌멩이 길을 빠져나가면 땀에 흠뻑 젖은 사람들 모습이 보인다.

소음을 내거나 소란을 피우는 등 수상한 행동을 하면 바로 경비원들의 눈에 띄는 지역이라 그런지 러너들도 고요하게 달린다. 가끔은 러닝 크루가 있지만 대부분 혼자 달린다. 언제 가도 달리는 사람이 있기 때문에 그들이 달리는 길이 곧 러닝 코스다. 초보 러너여도 잘 닦인 길을 따라 달리고 싶은 만큼만 달리면 된다.

러닝 코스를 둘로 나눈다면 황거 뒤쪽은 호수와 나무를 바라보며 풍경을 즐길 수 있고, 황거 앞쪽은 왼쪽으로는 황거를, 오른쪽으로는 도심 빌딩 숲을 보면서 달릴 수 있다.

황거 주변 달리기를 더 자주 즐기고 싶다면 근처에 묵는 것이 좋은데 가장 가까이 있는 호텔은 임페리엘 호텔, 팰리스 호텔 도쿄, 더 페닌슐라 도쿄 등 모두 별 다섯 개짜리니 숙박비는 감안할 것. 몇 년 전 나는 황거에서 도보 15분 거리에 있는 '몬토레 한조몬 호텔Hotel monterey Hanzomon'에 묵으면서 여러 번 달리러 나갔다. 한적한 동네에 자리해 혼자 조용히 묵기 좋은 숙소다.

황거 러닝 코스에는 시간대별로 장단점이 있는데, 낮은 해가 너무 쨍한데 그늘이 마땅치 않아 직사광선 측에 빠떼루를 당하는 느낌이 든다. 천천히 걷기에도 힘든 뙤약볕이니 열사병과 탈수에 주의해야 한다. 밤에는 비교적 시원하지만 어둑어둑해서 앞이 잘 보이지 않아 넘어질 위험이 있고 조금 음산하다. 가장 좋은 건 해 질 무렵인데 여행자가 그 시간에 다른 일정을 포기하고 달리는 건 쉽지 않을 것 같다.

더불어 짐을 맡길 곳이 따로 없어 러닝 벨트나 조끼를 이용하거나 소지품을 최소화하고 달려야 한다. 그렇지 않으면 벤치 위에 옷을 두고, 혹여나 훔쳐 가는 나무꾼이 없기만을 바라며 달려야 한다. 실제로 그렇게 하는 사람들도 있다. 어차피 땀 냄새 나는 남의 소지품 따위 아무도 관심 없겠지. 운동

화를 챙겨 오지 않은 사람들을 위해 근처에 운동화를 대여해

주는 곳도 있다.

 1인 출판사를 막 시작했을 때 아는 게 하나도 없었다. 모르는 것투성이인데 물어볼 데는 없고, 물어볼 데가 있어도 어떻게 질문해야 할지조차 몰랐다. 뭘, 알아야 질문을 하지. 입고가 뭐고, 발주서가 뭐고, 세금 계산서는 또 뭔데.

 생전 처음 해 보는 업무들에 혼이 나가서 화장실도 못 가고, 컴퓨터 앞에 앉아만 있었다. 혼자 책상 앞에서 땀을 뻘뻘 흘리다 보면 하루가 저물었다. 새벽이 되어 허름해진 몸을 침대에 누이며 생각했다. 그래도 내일도 일찍 일어나자.

 다른 건 다 자신 없었는데 일찍 일어나는 것만큼은 할 수 있을 것 같았다. 막막할 때는 일단 시간이라도 내 편으로 만들어 둔다. 실수하더라도 만회할 시간이 있다면, 모르는 것 열 가지 중 하나라도 배울 수 있는 시간이 있다면 괜찮을지도 모른다. 수십 년을 점심시간 즈음 일어나 꾸물대며 하루를 시작했던 나는 출판사를 차리고 나서 매일 아침 여덟 시면 눈을 뜬다. 일찍 하루를 시작하면 수습할 시간은 생길 거라는 믿음으로.

 그 덕에 나는 누가 뭐래도 야행성이라는 믿음은 일순 역전되었다. 이제는 중요한 일의 대부분을 아침에 한다. 삼시 세끼 중 가장 중요하게 여기는 아침 식사를 공들여 차려 먹고, 바짝 집중력을 발휘해 업무를 처리하거나 원고를 쓴다. 하루의 시작을 또렷하게 하고 나면 나머지 시간은 절로 따라온다. 계획대로 되는 게 하나도 없는 날이었어도 다음 날 일찍 일어나는 것부터 하면 된다.

내일도 그래 볼까. 스마트폰 알람을 오전 6시에 맞추고, 수면을 도와주는 약을 먹고 12시쯤 침대 안으로 뿅.

근데 새벽에 나가서 뭘 해야 하지? 달리면 되지. 새벽이면 길에 사람도 적을 거고, 조용할 거고, 공기도 맑아서 상쾌하겠지. 6시 반쯤 나가서 메구로강 주변을 달리자. 문을 연 카페가 있으면 아침을 먹고. 열심히 달리고 들어와 씻고 일찌감치 하루를 시작해 보자.

뉘었던 몸을 일으켜 여행 가방을 뒤적인다. 운동화와 양말, 운동복, 무릎 보호대를 꺼내고, 러닝 벨트를 열어 손수건과 블루투스 이어폰을 넣고, 혹시 쓸 일이 있을지도 모르니 현금 이천 엔도 챙긴다.

다음 날 아침. 여섯 시에 울리는 알람에 절로 눈이 떠진다. 휘청휘청 창문으로 다가가 커튼을 열어젖히니 바깥은 이미 해가 중천이다. 하긴 여섯 시면 새벽이 아니지, 쩝.

양치하고 세수한 얼굴에 선크림을 대충 바르고 운동복을 꺼내 입는다. 평소에는 결코 입지 않는 짧은 반바지에 탱크톱을 입고, 위에는 바람막이를 걸친다. 두툼한 무릎 보호대를 두르고, 운동화에 발을 꿰어 넣고 끈을 바짝 조인다.

비장하게 스트레칭까지 마치고 객실 문을 나선다. 호텔 입구의 자동 출입문이 열리자 코끝에 아침 공기가 성큼 다가온다. 덥지도 춥지도 않고 바람도 강하지 않은, 달리기에 완벽한 날씨다. 보송한 몸에 땀을 내는 게 아까울 정도로 산뜻한 공기가 온몸을 스친다. 여기서 메구로강까지는 걸어서 15분. 산책 삼아 걷다가 강이 보이면 뛰어야지.

스마트폰을 한 손에 들고 구글 지도에 의지해 길을 찾는다. 이른 아침, 인적이 드문 주택가를 홀로 걷고 있자니, 정성껏 포장된 오늘이라는 선물 상자를 가장 먼저 여는 기분이다. 거리에는 출근하는 사람들이 보인다. 물류를 운반하는 트럭, 자전거를 타고 달리는 학생도 눈에 들어온다. 편의점 안에서는 점원이 물건을 정리하고 있다. 아파트로 보이는 낮은 건물 앞을 지나자 희미하게 밥 짓는 냄새가 난다.

잠시 후, 눈앞에 메구로강이 떡하니 나타난다. 강이라고 하지만 작은 하천 같다. 중간에 있는 강을 둘러싸고 나카메구로 동네를 한 바퀴 뛰면 3킬로미터쯤. 초보 러너도 도전할 만한 거리다. 강 가까이 다가가 보니 이미 사람들이 있는데, 다들 혼자서 조용히 달리고 있다. 소란스럽지 않은 거리를 자기 페이스대로 여유 있게 뛰는, 내가 딱 좋아하는 코스. 이미 이곳은 러너들에게 잘 알려진 명소이고, 벚꽃이 만개한 봄에는 쏟아지는 벚꽃잎을 눈처럼 맞으며 달릴 수 있는 곳으로도 유명하다.

러닝 앱을 켜고 블루투스 이어폰으로 늘 듣던 음악을 재생한다. 첫 곡은 요조의 〈Unknown Horses〉. 천천히 달릴 때 자주 듣는 음악이다. 그 밖에도 내 음악 앱에는 달리기만을 위한 플레이리스트가 따로 있다. 리듬에 맞춰 호흡을 가다듬으며 전진할 준비를 한다. 달리기 위한 첫발을 내딛는 순간, 가슴에는 딱 좋은 분량의 기대와 긴장이 깃든다.

여행 내내 많이 걸어서 몸이 무거울 줄 알았는데 오히려 가볍다. 오른쪽으로는 메구로강이 흐르고 스쳐 지나는 나무의 초록이 싱그럽다. 길 중간중간 보호자와 아침 산책을 나온 개들을 마주할 때마다 미소가 번진다. 출근하는 사람들을 지나치고, 등교하는 학생을 뒤로한 채 1킬로쯤 달리다 보니 점점 얼굴은 달아오르고 몸에서 땀이 솟구친다.

2킬로미터가 넘어가자 마치 얼굴에서 불이 난 것 같다.

바람막이를 휘감은 상체 안에 땀이 흥건히 고인다. 더워서 미추어 버릴 것 같은데 이쯤에서 웃옷을 벗어 볼까. 이제껏 탱크톱 차림으로 밖에서 달려 본 적은 없는데. 남들에게 보일 만한 몸이 아니라는 생각에. 익숙하지 않아 쭈뼛거릴 게 뻔하기 때문에. 하지만 오늘은 한번 해 볼까. 두 다리는 여전히 달리면서, 팔을 꼼지락대며 바람막이를 벗으니 상체에서 땀이 뚝뚝 떨어진다. 다리를 움직이면서 땀에 엉겨 붙은 옷을 떼어 내는 게 쉽지 않다.

어렵사리 벗어 허리춤에 묶고 나니 상체 위로 시원한 바람이 휘몰아친다. 아, 이번에는 긍정적인 의미로 돌아 버릴 것 같다! 너무 시원하네! 진작 벗을걸. 물론 나카메구로 사람들에게도 눈이 있겠지만 그 눈은 나를 모른다. 가벼워진 몸 위로 햇볕과 바람이 번갈아 찾아온다. 시원하고 짜릿하고 자유롭고. 와, 기분 최고다.

숨을 몰아쉬며 조금 더 달리니 러닝 앱이 3킬로미터를 완주했음을 알려 준다. 전지훈련 하러 온 거 아니니까 오늘은 여기까지만. 강 주변에 있는 펜스에 엉덩이를 걸치고 거친 숨을 고른다. 다리 구석에 서서 메구로강 사진을 찍은 다음 러닝 앱에 기록을 남긴다.

메구로강 주변 달리기는 아침 7시 이전에 마칠 것을 권한다. 러닝 코스로 조성된 길이 아닌 만큼 길이 좁고 통행인도 있어서 마음껏 달리기에 수월하지 않고, 차가 다녀 위험하다.

무엇보다 새벽이 비껴간 시간부터 햇볕이 강해지므로 뛰기에 더울 수 있다.

황거 러닝은 본격적인 느낌이라 성취감이 크고, '나는 쿨하다'라는 만족감에 젖어들 수 있는 반면, 나카메구로 러닝은 동네를 달리는 느낌이라 가뿐하고, 나카메구로 동네 주민이 된 것 같은 착각을 전해 준다. 둘 다 매력적이지만 황거 러닝은 이른 저녁에, 나카메구로 러닝은 이른 아침에 하면 좋을 것 같다. 여유가 된다면 아침저녁으로 달려 보기를 추천한다.

돌아가는 길, 작은 생수를 사 벌컥벌컥 마시고 건물 유리창에 비친 내 모습을 셀카로 남긴다. 땀으로 푹 젖은 모습은 아름답지 않지만 아름답다. 함부로 공개할 수 없는 몰골이지만, 내가 가장 아끼는 내 모습.

숙소에 복귀해 로비 카페에서 식빵과 커피를 받아와 방으로 들어온다. 걸음 수를 확인하니 이미 7천 보. 그럼에도 하루는 왕창 남았네. 오늘은 뭘 할까. 일단 아침부터 먹고 생각해 보기로.

めぐろがわ
Meguro River
川をきれいに美しく

휴식의 달인이 되고 싶다

°
°
°

일본 비즈니스호텔에 있는 변기와 네모난 욕조, 세면대가 마치 레고 조립하듯 들어 있는 욕실을 일본에서는 '유니트 바스Unit Bath'라고 부른다. 이러한 형태의 욕실을 정작 일본인들은 반기지 않는다. 하루의 끝, 뜨거운 욕탕에 긴 시간 몸을 담그는 습관이 있는 일본인들에게 목욕은 휴식이기도 하기에, 눈앞에 변기가 보이는 것을 마뜩잖아하는 것이다.

일본 주택의 경우, 화장실에는 변기만 있고 욕실은 따로 있다. 세면대 역시 욕실 바깥에 위치해 세면 공간과 목욕 공간이 분리되어 있다. 하지만 공간의 제약이 큰 비즈니스호텔이나 원룸 형식의 주거 공간에는 어쩔 수 없이 그 모든 것을 한군데 몰아 넣어야 한다.

영화 〈퍼펙트 데이즈〉를 보면 주인공이 정기적으로 대중목욕탕에 가는데, 이는 취미라기보다 집에 욕실이 없어서다. 영화 초반에 싱크대에서 세수하는 그의 모습이 의아하지 않았는지. 오래되고 월세가 저렴한 공동주택에는 공동욕실만 있거나 욕실이 없는 집이 여전히 있다. 일본에서는 기능별로 분리된 화장실과 욕실이 몇 개 있는가에 따라 경제 수준을 가늠하기도 한다.

하지만 나는 여행할 때마다 만나는 유니트 바스를 좋아했다. 우리 집에는 그 작은 욕조마저 없었기 때문일까. 다리를 쭉 펼 수도 없이 비좁은 욕조이지만 뜨거운 물을 가득 받아 입욕제를 뿌리고, 한참 웅크려 앉아 땀을 빼는 시간이 좋았다. 그래서 저녁이면 드럭스토어에 들러 입욕제를 샀다. 오늘은 장미 향, 내일은 라벤더 향. 마음에 드는 입욕제를 뿌리고 뜨거운 물에 몸을 푹 담그며 하루 여정을 되새김질했다.

나의 친구는 여행지에 도착할 때마다 호텔방에 놓을 꽃을 산다. 잠시 머무는 공간이어도 쾌적하게, 아름다운 걸 보며 지내고 싶다는 바람에서다. 음료수를 마시고 남은 빈 병에 꽃 두어 송이를 꽂고, 그걸 바라보며 아침에 일어나고 밤에 잠든다. 한없이 소박하면서도 사치스러운 습관을 이어 가는 친구가 어찌나 사랑스러운지. 친구는 여행을 떠날 때마다 머무는 숙소를 자기 취향껏 꾸민다.

여유는 지갑에서 나온다고들 말하지만 과연 그럴까. 느긋함과 여유는 유전자에 있는 것 같다. 유머 감각을 타고나듯 여유도 타고나는 게 아닐지. 돈이 있다고 여유로운 것이 아니고 없다고 빡빡한 게 아니다. 그래서 나는 돈이 부족할 때보다 여유와 느긋함이 부족하다고 느낄 때 더 아쉽다. 언제 쉬어야 할지 모른 채 늘 바쁘게 몸을 움직이는 사람. 몸과 마음이 바쁠 때 오히려 안심되고, 할 일이 없어도 쉬지 못하는 사람이 나니까.

얼마 전, 함께 작업한 출판사 대표가 물었다.

– 작가님은 혼자 사니까, 집안일도 많을 것 같은데 집안일은 언제 하세요?

– 작업하다 중간중간 쉴 때 해요. 글 쓰다 잠깐 쉴 때 설거지하고, 빨래하고, 화장실 청소도 하고요.

– 그건 쉬는 게 아니잖아요.

맞네, 그건 쉬는 게 아니네. 다른 일을 또 만들어서 하고 있는 거네. 그동안 왜 그게 쉬는 거라고 생각했을까?

나는 쉴 때도 무언가를 해야 직성이 풀린다. 휴식 시간에조차 결과물을 만들어 내려고 한다. 그동안 잘 쉬고 있다고 생각했지만 전혀 쉬고 있지 않았다. 아니, 애초에 잘 쉰다는 게 말이 되는가. 쉬는 데 '잘'이 왜 필요해.

여행하러 와서도 어김없이 해야 할 일을 찾는다. 가만히 누워 있고 싶다면서도 하루에 2만 보 넘게 걷는다. 그 결과, 쉬러 간 여행에서 피로감을 잔뜩 짊어지고 돌아온다. 사는 데에서도, 떠난 곳에서도 베짱이는 못 된다.

만화 『동경일일』에는 만화책 편집자인 주인공이 어르신의 책 정리를 도와주는 대목이 나온다. 외골수인 주인공은 마치 자기 일처럼 정리에 몰두하는데, 잠시 후 어르신은 그에게 조금 쉬었다 하자고 말한다. 그 말에 연신 구슬땀을 흘리던 그는 겨우 책을 손에서 내려놓는다.

특별할 것 없는 대목을 읽으면서 절로 주인공의 모습에 나를 대입하고 말았다. 잠시 쉬자고 말해 준 어르신이 없었더라면 나 역시 그처럼 몇 시간이고 일하는 데만 몰두했을 것이다. 그의 머릿속에는 쉬엄쉬엄 일한다는 생각 자체가 없고, 최대한 집중해서 일을 빨리 끝내자는 생각만 있겠지. 내가 그런 것처럼.

얼마 전 정신과 진료를 받을 때 선생님이 말했다.

－ 죄책감은 누가 주는 감정이 아닙니다. 내가 만드는 감정입니다.

휴식을 제대로 누리지 못하는 사람은 휴식이 싫어서라기보다 쉴 때 느끼는 죄책감이나 어색함을 참지 못한다. 하지만 휴식할 때 드는 죄책감 역시 누군가가 주는 게 아니라 스스로 만든 것. 뭐라도 하고 있어야 마음이 편하다는 것은 내가 만든 죄책감에 갇힌 줄도 모르고 살아가는 게 아닐지.

쉬는 타이밍은 대체 누가 정하는 걸까. 지금은 쉬어야 할 때라는 걸 정확히 알고 있는 사람은 누굴까. 뜬금없는 의문을 참 여러 번 반복하며 살았다. 정답은 '나'인데 내가 그걸 못하겠으니까 누군가가 적절한 때를 정해 주면 좋겠다고 생각했다. 작업 중에 틈을 내 차 마시기. 집중하던 자리를 털고 일어나 삼십 분 걷다 오기. 머리를 식힐 겸 잠깐 누워 있기. 글로 쓰면 한없이 단순한 것들을 하지 못하고 책상 앞에 주야장천 앉아만 있는 게 나다.

실컷 달리고 와서 아침을 먹고 나니 몸이 나른해진다. 잠시 침대에 누울까 생각하다가도 애써 몸을 일으킨다. 아니 잠깐만. 진정해. 오늘은 방에서 쉬어도 되잖아. 낮잠 좀 자고, 창밖을 보면서 멍도 때리고. 그러다 배고프면 숙소 주변에서 밥이나 먹고. 심심하면 누워서 티브이를 보다가 졸리면 또 자고.

그럼 좀 어때.

느릿느릿 침대로 가 베개 두 개를 헤드에 대고 등을 기댄다. 오늘은 쉬는 법을 연습하기로. 아직은 '휴식 애송이'여서 억지로라도 쉬는 법을 연습해야 하지만 열심히 하다 보면 또 모르지. 여기서 또 '열심히'가 나오는 걸 보니 나는 아직 멀었다. 아 몰라. 깊이 생각하기 금지. 우선 베개에 몸을 기댄 채 손만 움직여 티브이 리모컨을 찾는다.

취향이란 무엇인가

미나미아오야마에 있는 스파이럴 빌딩スパイラル에는 멀티숍 '스파이럴 마켓Spiral Market'과 '콜call'이 있다. 2층에 있는 스파이럴 마켓은 문구류를 비롯해 기념품이나 선물을 사기에 좋은 잡화점이다.

5층에 있는 '콜'은 라이프스타일 브랜드 '미나 페르호넨 minä perhonen'의 지점이다. 텍스타일을 기반으로 하는 브랜드인 만큼 옷 외에도 패브릭과 액세서리 및 생활용품을 취급한다. 구경하는 것만으로도 예술 작품을 감상하는 기분이다. 옷걸이에 걸린 옷을 매만질 때마다 두 눈에도 윤기가 돈다.

상점을 둘러보거나 쇼핑할 때마다 취향에 대해 생각한다. 대체 취향이란 무엇이기에 사람들은 자신의 취향을 자랑스러워하거나 부끄러워하며 살까. 취향은 때로 계급 혹은 부와도 연결되어 사람을 가르고 판단하는 잣대가 된다. 무언가를 보고 내 스타일인가 아닌가를 판단하는 기준은 어디서 오고, 어떻게 길러지는 걸까. 만약 내가 어떤 것을 '좋다'고 느낀다면 그 안에는 오직 나의 기호만이 있을까. 만들어진 유행에 편승하는 일을 과연 취향이라 말할 수 있을까.

맨 처음 방송 일을 시작할 때, 업계에서 대작가로 인정받는 선배가 풋내기 작가들을 조르르 앉혀 놓고 말했다.

– 너네는 앞으로 무조건 좋은 데만 가. 그래야 사람들이 뭘 좋아하는지 알게 돼. 저렴한 데 찾아다니지 말고, 고급인 데만 가. 취향은 그렇게 길러지는 거야.

이십 대 초반, 비루한 취향에 콤플렉스를 가지고 있던 나는 그 말을 곧이곧대로 믿고 월급이 들어오는 족족 비싸고 좋은 데만을 찾아다녔다. 그 시간을 통해 이전에는 몰랐던 것들을 알게 됐지만 나를 제대로 알지 못하는 상태에서의 경험은 소비로 연결될 뿐이었다. 돈을 쓸수록 좋은 것을 누릴 수 있다는 믿음. 당시 나에게 취향은 자본주의와 동의어였다.

시간이 지날수록 '덕질'에 대해서도 냉정해진다. 이제껏 다양한 덕질을 해 오면서 느낀 것은, 덕질이란 취향이라기보다는 몰입하는 즐거움이라는 것. 온갖 것들에 정신이 산란해지는 시대에 궁극의 몰입감을 전해 주는 대상이 어디 흔한가. 덕질은 답답한 현실을 잊게 하고, 힘내서 살게 하는 무언가이지만 이 역시 소비와 직결된다. 내가 무얼 좋아하는지 알고 싶으면 어디에 돈을 쓰는지를 보라는 말. 이 말에 절반만 동의한다. 돈을 쓰며 스트레스를 해소하고, '즐겁다'라고 여기는 일을 과연 덕질 혹은 취향이라고 말할 수 있을까.

점차 취향으로 사람을 구분하는 일에 흥미를 잃는다. 흔히 우정을 나누거나 연애할 때 '나와 취향이 맞는 사람'을 우선시하는데 과연 그게 얼마나 힘이 있는지 모르겠다. 취향에 맞는 상대를 찾고 또 만났다가 그 외의 요소들에 의해 관계가 망가지는 경우를 자주 보았고 나 역시 겪었다. 취향은 생물처럼 늘 변하기에 한 사람의 고유한 특성이라고 보기 어렵다. 나에게 취향이란 외모와 비슷한 것. 어떻게든 겉으로 드러나야 같은 취향인지 그렇지 않은지 알아볼 수 있으니까.

하지만 외모가 그 사람의 전부가 아니듯 취향 역시 마찬가지다. 사람을 사귀는 데 있어 중요한 것은 취향이 아닌 살아가는 방식. 일을 대하는 태도, 문제 해결 방법과 분쟁 대처법. 또 어떤 것에 분노하고 어떤 것에 평안을 느끼는지다. 이 모든 걸 취향이라는 두 음절로 정리하기에는 모자라다. 굳이 말하자면 세계관 아닐지. 기호보다는 인격에 더 가까운 것.

예전의 도쿄 여행은 가 보고 싶은 가게를 찾아다니는 시간이었다. 음식점을 하나 찍어 거기까지 찾아가는 여행. 옷 가게나 상점을 검색해 발걸음을 옮기는 여정. 되돌아보면 그때는 소비자로서의 여행을 했다. 내가 내는 돈 만큼의 서비스를 받고 물건을 고르며 돈 쓰는 게 여행의 맛이라 느꼈다. 손에 쥔 물건들이 나를 표현해 준다고 믿었다.

하지만 물건에 대한 흥미가 줄어들수록 내가 뭘 좋아하는지 모르게 되었는데, 이 사실이 오히려 여행의 반경을 넓혀 주었다. 궁금한 동네 근처에 숙소를 잡고, 주변을 산책하듯 걸어 다니다 다른 데도 가 볼까? 싶으면 곧장 지하철을 탄다. 별다른 계획도 없이 이름만 들어 본 동네에 내려 아무 출구로나 나가 본다. 두리번거리며 한참 걷다가 절로 마음이 편안해지는 장소를 만나기도 하지만, '여긴 대체 왜 유명한 건지' 하며 금세 다른 곳으로 이동할 때도 있다. 나의 취향을 모르겠다는 모호함으로 인해 여행은 점점 유연해진다.

오늘은 산겐자야三軒茶屋를 걷는다. 도쿄 서쪽에 위치한, 드라마 〈수박〉의 배경지로, 일본 사람들에게는 '산챠三茶'로도 불린다.

그간 이름은 많이 들어 봤지만 온 건 처음이다. 출구를 하나 정해서 나간 다음 골목을 천천히 걷다 보니 왜 이곳이 〈수박〉의 배경인지 알 것만 같다. 고요하고 소박한 주택가. 유흥 시설이 적어 시끄러울 일 없는 동네의 평화로움이 골목마다 떠다닌다. 평범한 사람들의 내면에 깃든 다양한 사연에 대해 이야기하는 〈수박〉처럼 이 동네 구석구석 각자의 드라마가 펼쳐지고 있을 것이다.

한참을 걷다 보니 길모퉁이에 작은 카페가 보인다. 미닫이문을 드르르 열고 들어가 드립커피 한 잔을 주문한다. 통창 앞에 자리한 바Bar 형태의 좌석에 앉아 챙겨 온 문고본을 후루룩 넘겨 본다. 어쩐지 책보다 창밖 구경이 더 재미있을 것 같아 책을 잠시 밀어 둔다. 그렇다면 나는 카페에서 책을 읽기보다 창밖 구경이 취향인 사람일까? 아니다. 오늘은 그냥 그러고 싶은 날일 뿐이다. 날씨가 덥지만 뜨거운 커피를 주문한 이유 역시, 뜨거운 커피를 마시는 취향을 가져서가 아니라 그냥 그러고 싶어서다.

확고한 취향은 더 이상 나에게 매력적인 요소가 아니게 됐다. 오히려 완고하거나 답답해 보인다. 특히 나보다 연배가 있는 사람들이 본인만의 확고한 취향을 드러낼 때 좀 피곤하네, 생각한다. 나는 뜨거운 커피 아니면 안 마셔 따위, 관심 없으니까 좋을 대로 하시기를. 예전에는 '아무거나 좋아'라고 말하는 사람이 제일 성가셨는데 요즘에는 오히려 편하다. 나도 점점 아무거나 좋은 사람이 돼 간다.

문득 카페를 둘러보니 평범한 카페 안에는 나처럼 평범한 사람들이 앉아 평범한 시간을 보내고 있다. 비슷한 무리에 숨어들 듯 몸을 작게 만들어 따뜻한 커피를 홀짝인다.

슬픔이 만들어 내는 웃음

○ ○ ○

신주쿠에 있는 쇼핑몰 루미네2ルミネ2 7층에는 루미네 더 요시모토Lumine the Yoshimoto가 있다. 일본 최대 개그맨 소속사인 요시모토 흥업吉本興業에서 운영하는 코미디 공연장으로 자사 소속 개그맨들이 무대에 올라 만담 및 콩트 공연을 펼친다. 하루에 세 번 열리는 공연에는 날마다 다른 개그맨들이 출연하는데, 출연진이 한 달 전부터 공개되어 보고 싶은 공연을 예매할 수 있다. 옆에 있는 기념품 코너에는 개그맨들의 캐릭터를 활용한 굿즈를 판매한다.

도쿄에 머무는 동안 많게는 매일, 적게는 한 번 공연을 보러 간다. 일단 티켓을 예매하는 게 먼저라 호텔에 짐을 풀자마자 신주쿠로 향하는 일정을 몇 년간 반복해 왔다. 티켓은 인터넷이나 패밀리마트에서도 구입이 가능하다던데 나는 늘 현장에서 종이 티켓을 수령해야 안심되는 올드 스쿨이다.

매 공연에는 신인 개그맨에서부터 베테랑까지 다양하게 무대에 오르기에, 운이 좋으면 일본 예능 프로그램에서만 보던 인기 만담 콤비의 공연을 직접 볼 수 있다. 콘서트처럼 좋아하는 팀의 공연만을 찾아다니는 사람들도 있겠지만, 나는 타이밍이 맞는 것으로 본다. 새로운 개그 콤비를 알아 가는 재미도 있고, 전혀 몰랐던 팀의 새 콩트를 볼 수 있어 반갑다.

아무리 일본어를 알아듣는다고 해도 이해할 수 없는 부분이 있기에 한 시간 반 동안 이어지는 공연을 보고 나면 체력이 고갈된다. 하나라도 놓치지 않으려 뇌에 힘을 주고 보느라 얼른 숙소로 돌아가 드러눕고 싶어진다. 그럴 때는 밥도 먹기 귀찮아서 끼니를 거르고, 여행 의욕도 사그라들어 택시를 타고 숙소로 복귀하기 일쑤다. 하지만 다음날이면 다시 공연장을 찾아 꾸역꾸역 앉아 있다 온다.

이번 여행에서도 공연장으로 고고. 입구에 마련된 공연 소개 포스터에서 출연진을 확인하고, 내일 밤 공연으로 예매하기로 한다. 좌석은 티켓 구입 순서대로 배치되는데, 아직 예매 인원이 적은지 꽤 앞자리를 배정받는다. 럭키.

티켓을 늦게 사면 공연장 맨 뒤에 있는 스탠딩 좌석을 배정받는다. 스탠딩석이라고 해서 가격이 저렴하지는 않고 그저 다리만 좀 아플 뿐이다. 좌석에 대한 방침이 있어서 서 있는 위치까지 정해져 있는데, 어깨너비 정도 되는 사각형 자리에 정자세로 선 채 공연을 봐야 한다. 한 번 해 보고 너무 고역이어서 이후에는 일찌감치 티켓을 사러 간다.

티켓을 산 다음에는 굿즈를 구경할 차례. 스티커부터 타월, 클리어 파일, 과자까지 없는 게 없다. 심지어 피클도 판다. 그중에서 개그 콤비 '후지와라FUJIWARA'의 볼펜과 '풋볼아워' 이와오의 스티커를 고른다. 두 사람 다 연차가 오래된 아저씨들이라 사는 사람이 적었는지 수량이 넉넉하다는 점이 작은 웃음 포인트.

이튿날. 공연 시간에 앞서 공연장에 도착한다. 공연 시작 30분 전부터 관객들은 줄을 서 입장을 준비하는데, 때가 되면 직원들이 입장 안내 멘트를 해 준다. 사람들이 그에 따라

フットボールアワー
FUJIWARA

よしもとコレカ
新発売！

움직이기에 일본어를 몰라도 따라서 움직이면 된다.

관객들이 자리에 앉으면 붉은 커튼이 처진 무대 중앙으로 일명 바람잡이가 등장한다. 본공연 전에 관객들의 흥을 돋우고, 신인 개그맨들에게 무대에 설 기회를 주는 것이다. 그들은 먼저 자신을 소개하고 자기들을 알고 있냐고 묻지만 모르는 사람이 더 많다. "아, 관심 좀 가져 주세요!" 하며 넉살을 부리는 것이 익숙한 흐름이다. 이어서 관객을 향한 단골 질문이 나온다.

— '내가 가장 멀리에서 왔다' 하시는 분, 손 들어 주세요!

몇 명인가 손을 든다. 개그맨이 반색하며 한 사람을 지목하며 묻는다.

— 어디서 오셨죠?

— 나라奈良요.

도쿄에서 신칸센과 지하철을 번갈아 타도 세 시간 넘게 걸리는 곳이다. 관객들은 작게 "오……." 소리를 낸다. 개그맨의 질문이 이어진다.

— 더 멀리서 오신 분? (뒤쪽을 보며) 앗, 어디서 오셨죠?

— 홋카이도北海道요.

에—. 사람들이 술렁댄다. 일본의 최북단이라 여름에도 시원하다는, 겨울이면 사람 키만큼 눈이 내린다는, 영화 〈러브레터〉와 〈윤희에게〉의 고장. 개그맨들은 감격스럽다는 듯 여기까지 행차해 주어 감사하다고 인사하며 다시 질문한다.

— 아마 홋카이도보다 더 멀리서 오신 분은 안 계실 것 같

은데요! 있나요?

묵직한 기대감이 장내를 채운다. 관객들은 주변을 두리번거린다. 갑자기 가슴이 소리친다. 나보다 멀리서 온 사람은 없을걸? 난 한국에서 왔다고! 두근대는 가슴은 바로 지금이 네가 나설 차례라고 부르짖는다. 용기 내어 손을 번쩍 들자, 무대 위 개그맨과 눈이 마주친다.

- 엇, 저기 여성분! 홋카이도보다 멀다고요? 그럴 리가요! 어디서 오셨죠?

- 한국이요.

장내가 술렁인다. 개그맨도 놀란 눈치다.

- 에에?! 한국에서 오셨다고요?

- 네.

- 이걸 보시러요?

- 네!

에에에—?!! 두 사람은 놀란 듯 뒤로 넘어가는 동작을 한다. 이윽고 한 사람이 "박수 주세요!" 하자 관객들은 수군대며 손뼉을 친다. 그때서야 현실감각이 돌아온 심장이 몸 밖으로 튀어나올 것 같다. 관종 내향인은 관심을 받고 싶다가도 정작 관심을 받으면 도망치고 싶다. 아니, 도망치고 싶지 않다. 아니, 도망치고 싶어. 아, 모르겠다. 이 지경임에도 나대지 않고는 못 견디는 성격이라 골치 아프다. 손등을 볼에 갖다 대 보니 뜨끈뜨끈하다.

　바람잡이 개그맨들의 앙증맞은 토크가 끝나면 조명이 꺼지며 본공연이 시작된다. 약 열 팀이 번갈아 무대에 등장하며 준비한 만담을 선보이는데, 각 팀이 등장할 때마다 음악이 흐르고 전광판에 팀 이름이 뜬다. 그럴 때마다 관객들은 말없이 손뼉을 친다. "와!" 하고 소리치거나 휘파람을 부는 일 따위 없다. 그저 일사불란하게 손뼉만 칠 뿐이다. 무대에 사람이 오를 기미만 보여도 환호하고 보는 한국인으로서 낯선 분위기다. 공연 중에도 사람들은 소리를 내지 않는다. 웃을 때 마구 손뼉을 치거나 옆 사람을 때리면서 앞뒤로 넘어가는 일은 우리네 민족만의 특징일까.

　각 팀의 공연은 5분에서 10분 정도 진행된다. 이미 수십 번은 연습하고 여러 번 무대에서 선보였을 만담이다. 정해진 대본에 충실해 꽉 짜여진 공연을 펼치는 팀도 있고 관객들과 소통하는 무대를 만드는 이들도 있다. 나는 전자가 좋다. 빈틈없이 구성된 대본으로 숨 쉬는 타이밍까지 계산한 무대를 선호한다. 생각보다 애드리브는 성공하기 어렵고 딱히 재미가 없다. 때로는 게을러 보이기까지 한다. 코미디는 철저한 계산과 타이밍, 연습과 기세가 만들어 내는 종합예술이다.

　코미디 작가로 일할 때 숨 쉬는 포인트까지 계산하며 대본을 썼다. 웃기는 무대를 위해서는 대본부터 웃겨야 한다. 하지만 점차 개그맨의 스타성, 애드리브가 주요하게 작용하는 공개 코미디쇼가 대세가 되고 나서부터 나의 촘촘한 대본은 낡은 것이 되었다. 애초에 무대에 오르는 사람은 작가가 아니므로, 직접 연기하는 사람이 느낌을 더 잘 살리는 경우도 많다.

그때부터 방송 일에 흥미를 잃었다. 공개 코미디 프로그램을 두어 개 더 해 보고 나서 내가 여기서 할 일은 없겠다고 느꼈다. 이후 몇 년간은 실연한 사람처럼 TV 코미디 프로그램을 보지 않았다. 더는 그 안에 속하지 않는다는 자각이 들고 나서야 다시 볼 수 있게 되었다. 여전히 나는 내가 쓴 대본이 제일 재미있는데, 선보일 방법이 없네.

어렸을 때부터 코미디를 좋아했다. 티브이에서 방영하는 코미디 프로그램을 볼 때마다 '저건 이렇게 하는 게 더 재미있을 것 같은데?'라며 아무도 시키지 않은 아이디어를 구상했다. 이후 코미디 작가가 되어 십여 년을 일하면서, 새로운 아이디어와 레퍼런스를 핑계로 일본 개그 프로그램까지 꼬박꼬박 챙겨 보았다. 더 이상 방송 일을 할 생각은 없지만 누군가가 "코미디 프로그램 할래?"라고 물으면 조금은 고민할 것 같다. 코미디를 잘 만들 자신은 없어도, 코미디를 사랑하는 마음은 여전히 남아 있기에.

오늘 등장한 팀 중에서 내 배꼽을 인정사정없이 강탈한 콤비는 '사루고리라サルゴリラ'다. 원숭이고릴라라는 뜻의 개그 콤비인데 둘의 콩트 합이 기가 막힌다.

고교야구 시합을 앞둔 한 야구부 학생은 마음처럼 실력

을 발휘하지 못해 고교 졸업 후 야구를 그만두려 한다. 그때 등장한 꼰대 감독은 그를 위로하려 말도 안 되는 인생론을 늘어놓는다. 교훈 중간중간 '생선'이라는 단어를 엉뚱하게 섞어 가며 고집스럽게 조언을 이어 가는데 숨 막히게 웃기다. 코너 제목은 〈청춘〉. 객석의 반응도 괜찮았지만 특히 나와 내 옆에 앉은 여성분은 너무 웃어서 호흡이 곤란할 지경까지 간다. 생판 모르는 남과 개그 코드가 통한 것 같아 반쯤은 신기하고 반쯤은 민망하고. 그들의 열정 넘치는 무대에 하도 웃어서 몸에 힘이 다 빠졌지만, 몸속 깊은 곳에 고인 찌꺼기까지 웃음과 함께 씻겨 내려간 것처럼 후련하다.

공연이 끝나자마자 유튜브에 팀 이름을 검색해 보니 상위에 그들의 채널이 뜬다. 당장 구독 완료. 알고 보니 해마다 콩트 잘하는 코미디언들을 뽑는 프로그램인 〈킹 오브 콩트〉(2023)의 우승 팀이라고 한다. 이렇게 덕질은 시작되고.

한 시간 반을 웃다 보니 모든 순서가 끝이 난다. 공연 끝에만 찾아오는 나른하면서도 공허한 기분. 관객이 이럴진대 무대에 오른 사람들은 더하겠지. 직원들의 안내 멘트에 따라 관객들은 또 한번 일사불란하게 움직여 출구를 빠져나간다.

사람을 웃기는 일만큼 모두를 이롭게 하는 일은 세상에 없는 것 같다. 웃기는 사람도 짜릿하고 웃는 사람도 행복하고 이 얼마나 위대한 복지이자 공익인지. 하지만 누군가를 웃기는 사람의 마음에는 커다란 그늘이 있다. 웃음이란 슬픔이 전

제되었을 때 비로소 만들어지는 것이다. 마음이 행복해서 웃기는 게 아니라, 웃기지라도 않으면 죽을 것 같아서 나오는 게 개그다. 독자들이 나보고 웃긴다고 말할 때마다 비슷한 생각을 한다. 그동안 많은 일이 있었답니다. 웃기는 사람은 누구나 불행하다. 하지만 웃길 수 있어 조금 덜 불행하다.

코미디 공연을 볼 때마다 무대에 오른 사람들의 마음 안에 있는 슬픔을 생각한다. 그걸 그대로 남겨 둔 채 사람을 웃기는 일을 선택한 사람들의 결기를 생각한다. 참으로 순수하고도 숭고한 직업의식이다. 코미디를 떠올릴 때마다 나는 진지해지고 어느새 들뜨지만 그만큼 조금 슬퍼진다.

역시 공연을 한 번만 보는 건 아쉽네. 조만간 도쿄에 다시 와야겠다.

산리오를 좋아하는 중년

∘
∘
∘

맨 처음 도쿄에 왔을 때는 여행 가이드북을 자석처럼 몸에 붙이고 다녔다. '몇 배 즐기기', '인조이' 등이 크게 쓰인 가이드북은 인터넷 검색이 활발하지 않던 시대의 여행 필수품이었다. 여행 전에는 정독하며 일정을 꾸리고, 여행 중에는 책에 붙은 지도에 의지하며 길을 찾았다. 책에 실린 상점을 우연히 발견하면 들뜬 마음으로 들어가 흔쾌히 지갑을 열었다. 그 시절 여행 가이드북은 블로그이자 여행 멘토, 구글 지도이자 챗지피티였다.

가이드북이 말하길, 도쿄에서 꼭 가 봐야 할 곳은 하라주쿠原宿라고 했다. 일본 전역의 젊은이들은 물론 외국 여행자들까지 모두 모이는 동네라고 소개했다. 하라주쿠에서 가장 유명한 골목인 다케시타 거리竹下通り에서는 커다란 크레페를 먹을 것을 권했다. 크레페를 한 손에 들고 메이지진구明治神宮 방향으로 걷다 보면 만화책에서 튀어나온 것 같은 '코스튬 플레이어'를 잔뜩 만날 수 있다고 했다. 일본 패션지나 티브이 프로그램에서나 보던 오타쿠가 실재한다니 믿기지 않았다. 더불어 하라주쿠 주변에는 젊은 취향의 의류 매장과 액세서리 숍도 즐비하다고. 이십 대의 나는 하라주쿠라고 쓰인 페이지에 형광펜으로 큰 동그라미를 여러 번 그렸다.

소문대로 하라주쿠는 개성 넘치는 동네였다. 좁고 길게 난 다케시타 거리에는 양옆으로 작은 상점들이 빼곡히 늘어서 있었다. 사람은 또 어찌나 많은지 모르는 사람들의 어깨에 부딪혀 가며, '스미마셍'을 여러 번 중얼거려야 했다. 엄청난 인

파에 행여나 가방을 잃어버리진 않을까, 지갑을 도둑맞지는
않을까 노심초사했지만 역시 안 왔으면 후회할 뻔했다고 생
각했다.

다케시타 거리를 빠져나와 가로수가 울창한 오모테산도
表参道를 걷다 보니 눈에 띄는 매장이 있었다. 쇼윈도에 앙증
맞은 인형들이 줄지어 전시되어 있는 곳의 정체는 가이드북
에도 소개된 '키티랜드Kiddy Land'였다. 키티라면 그 키티? 확
실히 내 취향은 아니었지만 하고많은 일본 캐릭터 중에서도
전 세계적으로 가장 유명한 캐릭터 아닌가. 익숙한 외형에 이
끌려 일단 들어섰다.

건물 안은 1층부터 5층까지 모조리 산리오 캐릭터였다.
게다가 아이템은 얼마나 다양한지, 단순히 인형 가게로 생각
하고 들어왔는데 액세서리부터 생활용품까지 없는 게 없었
다. 키티, 마이멜로디, 포차코 등 깜찍한 캐릭터를 구경하면서
도 '귀엽긴 귀엽네, 근데 내 취향은 아닌 듯' 했다. 그러다 매장
을 빠져나갈 즈음, 노오란 햇살처럼 눈부시게 내 맘에 들어오
는 캐릭터를 만났다. 바로 폼폼푸린ポムポムプリン.

레몬 색깔의 둥그스름한 몸. 개인지 곰인지 아니면 제3
의 생명체인지 알 수 없는 푸근한 형태의 인형을 잠시 보는 것
만으로도 여행에 지친 마음이 말랑말랑해졌다. 자세히 살펴
보니 이름은 '뽀무뽀무퓨린'이라고 했다. 퓨린이라면 푸딩. 알
고 보니 개도 곰도 아닌 푸딩 캐릭터였다. 나 푸딩 너무 좋아
하는데! 완전 귀엽잖아?

하지만 아쉽게도 퓨린쨩의 굿즈는 다양하지 않았다. 다른 캐릭터에 비해 현저히 적은 굿즈들에 낙담하면서도 뭐라도 하나 사야 될 것 같아 눈을 이리저리 굴렸다. 주머니 사정은 안쓰럽고, 여행 짐도 걱정되어서 고심 끝에 퓨린쨩이 여기저기 프린트된 면 손수건 한 장을 샀다. 손수건 한 장 샀을 뿐인데 예쁜 종이봉투에 넣어 포장해 주는 서비스에 마음이 설렜다.

당신은 좋아하는 것을 먼저 먹는 사람인가, 마지막까지 남겨 두는 사람인가. 나로 말할 것 같으면 후자다. 좋은 걸 그때그때 호기롭게 즐기지 못하는, 좀 구린 성격의 소유자다. 물건을 쓸 때도 마찬가지다. 가장 아끼는 물건은 좀처럼 팍팍 쓰지 못한다. 그러다 모조리 똥이 되고 만다는 걸 여러 번 경험하고 나서 어떻게든 고쳐 보려 하지만 잘 안 된다. 여전히 나는 아끼는 물건을 아끼느라 하염없이 시간을 흘려보낸다.

매력에 사로잡혀서 구입한 폼폼푸린 손수건은 한참이 지나 이삿짐을 정리할 때, 종이봉투에 고이 넣어진 채로 발견되었다. 도대체 몇 년을 아껴 둔 건지 뜨악하며 봉투를 열자, 손수건은 사랑의 처음 느낌 그대로 나를 기다리고 있었다. 여기서 더 아끼다가는 면이 삭을지도 모른다는 생각에 손수건에 붙은 스티커를 떼어 냈다. 그날부터 쓰기 시작한 손수건을 이십 년이 지난 지금껏 쓰고 있다. 비록 색은 바랬지만 가장 소중한 손수건이다.

세월이 지나 도쿄를 찾았을 때, 산리오 덕후가 간과할 수 없는 장소가 하나 더 있다는 걸 알게 되었다. 도쿄 끄트머리 다마多摩시에 있는 '산리오 퓨로랜드サンリオピューロランド'다. 미키&미니마우스가 대표 캐릭터인 도쿄 디즈니랜드처럼 산리오 퓨로랜드는 산리오 캐릭터로 만들어진 테마파크다. 산리오 캐릭터가 크게 붙은 놀이기구도 있고, 각종 캐릭터가 출연하는 공연도 있고, 시간대별로 퍼레이드도 열린다. 굿즈를 구

매할 수 있는 매장도 여러 개 입점해 있다. 물론 나의 사랑 폼 폼푸린도 많이 있다. 어느새 아이들 손을 잡고 방문해도 어색하지 않은 나이가 되었지만 나는 내 손을 잡고 가기로.

산리오 퓨로랜드 입장권은 우리나라에서 살 수 있다. 국내외 여행 상품을 파는 사이트나 앱에 들어가면 날짜별로 이용 가능한 입장권을 예매할 수 있는데 현장에서 사는 것보다 훨씬 저렴하다. 방문 날짜를 정해 결제를 마친 다음, 현장에서 바코드를 제시해 입장하면 된다.

어느덧 중년이 된 나는 산리오 퓨로랜드에서 가장 가까운 역인 게이오타마센터京王多摩センター역에 서 있다. 신주쿠에서 한 시간 정도 지하철을 타고 도착한 다마시는 도쿄 끄트머리에 있는 베드타운이다. 우리나라로 치면 김포 신도시 느낌이랄까. 이곳은 원래 있던 산을 밀어 조성되었는데 이후 지브리의 애니메이션 〈폼포코 너구리 대작전〉의 배경이 되었다. 도시개발로 인해 삶의 터전을 잃어버린 너구리들이 자기들의 땅을 지키기 위해 인간들과 사투를 벌이는 내용이 만화로 만들어질 정도이니, 뉴타운 개발을 둘러싸고 잡음이 많았으리라.

역 주변을 걸으니 동네 주민들이 이용할 법한 작은 상가가 있고, 아이들과 산책 나온 어른들의 모습이 보인다. 거리가 널찍널찍하고 높은 건물이 적어 나무와 하늘이 두 눈 가득 담긴다. 퓨로랜드로 곧장 가는 지름길 대신, 육교로 올라가 천천

Sanri
TICKETS

oland
TICKETS

히 걸어가기로 한다. 드넓은 하늘과 청량한 나뭇잎들이 아름다워서 내내 사진을 찍게 된다.

한동안 걸으니 저 멀리 퓨로랜드 건물이 보인다. 파스텔 컬러로 꾸며진 외관을 마주하자 가슴이 뛴다. 저 안에서는 어떤 환상의 세계가 펼쳐질까. 걸음에 속도를 붙여 빠르게 전진한다.

오픈 시간에 맞춰 왔음에도 이미 사람이 많다. 외모부터 '나 산리오 덕후입니다' 라고 증명하듯 온몸에 캐릭터 인형을 주렁주렁 달고, 알록달록한 컬러의 옷을 입고 온 사람들이 보인다. 청소년들은 대부분 캐릭터 인형 머리띠를 하고 있다. 아이들부터 중고등학생, 가족 단위의 사람들 사이에서 나만 홀로 외근 온 협력사 직원 같은 차림새다.

하지만 이런 나도 산리오 캐릭터들이 반겨 준다. 조금씩 걸어 들어가니 맨 처음 도쿄 디즈니랜드에 갔을 때 느꼈던 소름이 온몸에 돋는다. 티켓 하나, 손잡이 하나에도 미키마우스가 꼼꼼하게 박힌 공간이 신기했지만 '아이고, 거참 징글징글하다!' 했다. 걸음을 옮길 때마다 절로 지갑을 열게 하고 사진을 찍게 만들던 공간에서 한참을 행복했지만, 출구를 빠져나오는 즉시 한여름 밤 꿈에서 깬 것만 같았다. 밖으로 나오자 환상 속에 머물던 시간이 감쪽같이 사라져 당혹스러웠던 기억.

산리오 퓨로랜드 역시 시선을 돌릴 때마다 마주하는 앙증맞음이 징글징글하고, 말도 안 되게 귀엽다. 도쿄 디즈니랜드는 야외에 있어 뙤약볕을 걸어 다닐 때면 전지훈련 느낌이 들었는데, 산리오 퓨로랜드는 도쿄 디즈니랜드보다 규모는 훨씬 작은 데다 전부 실내에 있어 한여름, 한겨울에도 거뜬하다.

놀이공원인 만큼 역시 놀이기구가 가장 인기가 많아 보이지만 이미 줄이 길다. 타려면 한참 기다려야 할 것 같으니 패스. 대신 여기서만 볼 수 있는 캐릭터 쇼와 메인 무대에서 열리는 퍼레이드는 챙겨 보기로 한다. 각 행사별 시간표를 찬찬히 들여다보며 동선을 파악하고, 남는 시간에는 굿즈를 사러 가거나 식당이나 카페에서 쉬면 될 것 같다.

먼저 키티가 선보이는 가부키 공연을 보기로 한다. 나에게 가부키는 좀 졸리는 공연이지만 귀여운 키티가 연기하는 가부키는 볼 맛이 난다. 공연장을 가득 메운 아이들과 양육자들은 안내의 지시에 따라 고분고분 움직인다. 공연 중 아무도 큰 소리를 내지 않고, 함성을 지르지 않는다. 그저 일사불란하게 손뼉만 친다. 극의 말미에는 배우가 관객을 불러 소통하는 방식으로 극을 진행하는데, 분명 오늘 처음 온 관객일 텐데 마치 오래전부터 연습해 온 사람처럼 자연스럽게 리액션을 한다. 이게 가능한 일인가? 이 공연 자체가 하나의 트루먼쇼가 아닐까.

공연장을 빠져나오니 약 50분 후면 그날의 가장 큰 퍼레이드가 열릴 예정이라고 한다. 퍼레이드가 잘 보이는 명당이 따로 있는 듯, 고인물로 보이는 관객들은 하나하나 짐을 내려

놓고 바닥에 자리를 잡는다. 여기서도 일본인들 특유의 일사불란함이 느껴지는데, 스태프들의 지시에 어깃장을 놓거나 개별 행동을 취하는 사람이 거의 없다. 정해진 신문지 반 장 정도의 공간에 궁둥이를 붙이고 서로의 어깨가 닿기 직전만큼만 옹기종기 모여 조용히 기다린다. 오래 기다리며 앞자리를 사수할 자신이 없어 화장실에 들르고, 다른 구역도 충분히 구경한 다음 뒤쪽에서 서서 보기로 한다.

다시 돌아오니 본격적인 공연 전에 몸풀기 공연이 펼쳐지는 모양이다. 몸풀기 공연에서는 인형 캐릭터가 아닌 코스튬을 입은 배우들이 등장하는데 퍼레이드에 나오는 노래와 안무를 알려 주며 단체 행동을 유도한다. 역시나 관객들은 그들의 말을 군말없이 따르며 몸동작을 하고 손뼉을 친다. 이미 수십 번은 맞춰 본 것처럼 삑사리를 내거나 허튼 동작을 하는 사람이 없다. 다들 단골인가요. 집에서 미리 연습해 왔냐고요. 바로 이런 면이 징글징글하다고 하는 것이다. 모든 관객은 몸풀기 공연에서부터 하나의 생명체로서 기능하고 있다.

메인 퍼레이드가 곧 시작된다는 공지가 흘러나오자 관객들이 술렁이기 시작한다. 조명이 어두워지며 음악이 흐르고 캐릭터들에게 환호를 보내 달라고 요청하는 장내 방송이 시작된다. 관객들이 일제히 손뼉을 치며 손을 흔들자 무대용으로 만들어진 탁 트인 공간에 산리오 캐릭터들이 하나둘 등장한다. 키티, 마이멜로디, 쿠로미, 그리고…… 폼폼푸린까지! 커다란 캐릭터들은 하나하나 앙큼한 포즈로 등장하며 깨물어 주고 싶은 얼굴과 쓰다듬고 싶은 몸으로 노래하고, 춤추고, 손을 흔든다.

퍼레이드는 마치 연극처럼 일정한 서사가 있어 악당이 등장해 산리오 캐릭터나 공주를 괴롭히는데, 그때마다 갠 앞줄에 앉은 어린이들은 그러지 말라고 소리를 지른다. 잠시 후 극적으로 상황이 해결되어 산리오 마을에 평화가 찾아오면 음악이 크게 재생되며 춤판이 벌어진다. 이때, 배우들과 관객들은 몸풀기 공연 때 미리 연습한 동작을 맞춰서 하며 온세상은 하나가 된다.

퍼레이드에 등장한 캐릭터는 산리오 캐릭터 그 자체다. 사람이 인형 옷을 입고 움직이는 느낌이 아니라, 정교하게 만들어진 탈 속에 사람이 살포시 들어가 캐릭터에 생명을 불어넣어 움직이는 것 같다. 캐릭터 특유의 손 모양, 발 모양, 표정, 동작 등이 그대로 살아 있는 거대 인형들을 보니 감동을 넘어 좋은 의미로 심장이 조여 온다. 저렇게 귀여운 것들이 세상에 있어도 되나? 애초부터 저런 귀여움이 가능한가? 이 귀여운 걸 만들다니, 일본 사람들은 진짜 징글징글하네. 못 말린다 못 말려, 하며 고개를 흔들면서도 모든 동작을 어설프게나마 따라 하는 내가 있다.

한참을 그러고 있자니 불쑥 눈가가 촉촉해진다. 여기, 이상하게 사람을 찡하게 만드네? 현실과 동떨어진 세계에서 무해한 캐릭터들이 신나게 움직이고, 환상의 세계에서 마음껏

동심을 펼치는 관객들을 보고 있자니 자꾸만 눈시울이 뜨거워진다.

　아무도 상처 받지 않는 공간이란 현실에 없다. 딱 한군데 있다면 오직 여기다. 나는 눈앞을 지나가는 캐릭터들을 향해 손을 흔들며 운다. 태어나서 처음 본 산리오 퍼레이드는 눈물로 얼룩진 채 끝난다.

이윽고 굿즈 매장에 들어서자마자 기대와 다르게 아쉬움이 느껴진다. 몇 년 전에 비해 굿즈 제작 단가가 많이 상승했는지 면 손수건은 더 이상 팔지 않고, 사십 대가 기꺼이 사기에는 난감한 굿즈들만 보인다. 맨 처음 키티랜드에 발을 들였을 때 느꼈던 짜릿한 흥분 따윈 없다. 어쩔 수 없이 폼폼푸린이 달린 볼펜 한 자루와 키링 하나만을 고른다. 계산을 마치자 그 와중에 두 개나 득템한 게 어딘가 싶어 뿌듯하다.

슬슬 배가 고프다. 온 김에 밥을 먹고 갈까. 식당에는 입구부터 산리오 캐릭터 동상들이 있다. 식사 및 음료 메뉴 역시 죄다 산리오 캐릭터 모양으로 꾸며져 있다. 메뉴판을 한참 보다 속을 따뜻하게 해 줄 돈코츠 라멘을 고른다. 분명 인스턴트 라멘이겠지만 고명에는 키티 얼굴이 박혀 있고 그릇과 수저에도 키티가 있다. 기억에는 결코 남지 않을 한 그릇이지만, 애당초 맛을 기대하며 먹으러 온 게 아니다.

후식으로는 폼폼푸린 크레페를 먹기로. 폼폼푸린 캐릭터 모양의 작은 푸딩과 초콜릿이 올라가 있다. 차마 먹기에는 아까운 푸딩 먼저 크게 한 입 베어 문다.

이후 한참 더 머물다 밖으로 빠져나오니 역시나 백일몽에서 깬 것 같다. 하지만 퓨로랜드 안에서 내내 올라가있던 입꼬리는 그대로다. 요 몇 년 이렇게 아무 생각 없이 웃은 적이 있었나. 너무 귀엽고 행복해서 운 적이 있었나.

없다. 그 사실만으로도 오늘 폼폼푸린과 함께한 하루는 오래오래 기억에 남을 것이다.

WISDOM TREE STAGE

나를 사랑할 수 있을까

∘
∘
∘

가장 강렬한 기억으로 남은 도쿄 여행은 지금으로부터 십 년 전쯤 한 여행이다. 그때 나는 한 남자한테 반해 있었는데, 여행은 핑계였고 그를 만나러 도쿄에 갔다.

당시는 외모에 비정상적으로 집착하던 시기여서 매일 헬스장에 가서 운동하고, 거울에 몸을 비춰 보며 안도하거나 실망하기를 반복했다. 여행을 앞두고는 식단 조절까지 하며 몸에 남은 부기마저 없애겠다고 발광했다. 지독한 남미새 시기였던 그때의 모든 꾸밈은 남자에게 '욕망 당하기' 위함이었다. 관리된 외모만 있다면 널 내 남자로 만들 수 있을 거라 생각했어……! (최민수 톤)

다행인지 불행인지 노력에 대한 아웃풋이 나쁘지 않아서 도쿄에 도착할 즈음에는 나름 만족스러운 외모를 하고 있었다. 군살 없는 몸으로 원하는 옷을 마음껏 입으며 의기양양하게 도쿄를 누볐다. 어딜 가든 사람들은 친절했다. 식당이나 카페에 들어가면 점원들로부터 "피부에서 빛이 나네요", "예쁘시네요", "혹시 모델?" 같은 소리를 들었다. 천국이 있다면 여길까. 남자들의 시선과 여자들의 칭찬을 삼시 세끼 약처럼 챙겨 먹으며 여행 내내 부푼 가슴은 오로지 나의 것이었다.

내가 좋아한 그도 나에게 호감이 있는 것 같았다. 오늘 밤에 만났는데, 내일 또 만나자고 하는 걸 보아 당연히 '되는 싸움'이라 생각했다. 그러나 결국 되지 않았다. 서울로 돌아오는 비행기에서 입술을 깨물며 생각했다. '이건 다 내가 충분히 예쁘지 않기 때문이야'.

이후 시간이 흘러 세상은 변하고 내 생각과 몸도 바뀌었다. 팬데믹을 겪으며 삶의 균열을 경험하고 나서 세계는 또 한 번 뒤집어졌다. 외모에 신경 쓰는 일보다 먹고사는 게 더 급했다. 저절로 거울 보는 시간이 줄고, 몸을 가꾸는 데 들이는 노력을 다른 데다 쓰게 되면서 외모 강박으로부터 벗어났다고 믿었다.

한참 뒤. 몸무게 앞자리와 나잇대가 바뀌고 나서 오랜만에 도쿄에 갔을 때 느낀 어리둥절함을 기억한다. 아무도 나에게 관심이 없었다. 그 누구도 나를 눈여겨보지 않고, 칭찬해주지 않았다. 이 도시에서 나라는 사람은 아무 존재감도 발휘하지 못했다. 옷을 사러 가게에 들어가면 점원 눈에는 내가 보이지 않는 것 같았다. 카페나 음식점에 들어가도 마치 투명 인간이 된 것 같았다. 확연히 달라진 분위기에 당황하면서도 아무렇지 않은 척했다. 당신들 나한테 관심 없어요? 그럼 나도 관심 없어요.

하지만 진심이 아니었다. 여전히 세상의 관심을 바랐다. 그저 세상이 나한테 관심을 주지 않을 뿐이었다. 쌀쌀맞은 며칠을 더 보내고 나서 느꼈다. 아, 이 도시는 중년 여성들에게는 관심이 없구나. 젊음과 아름다운 외모를 자산이라 여기는 이곳에서 '젊지 않고, 아름답지 않고, 보암직하지 않은 몸'을 가진 사람들에게까지 갈 관심은 없었다. 젊은 시절 누렸던 시선이 모조리 거두어지고 나서야 한동안 특권 아닌 특권과 함께 이곳을 여행해 왔다는 걸 깨달았다.

그건 우리나라에서도 마찬가지일 거다. 익숙한 땅이어서 눈치채지 못하고 살고 있을 뿐.

작가 이자벨 드 쿠르티브롱은 어느 날 문득 걸을 때마다 숨이 차고, 사람들이 자신에게 자리를 양보해 주고, 길을 걸을 때 젊은이들만이 눈에 들어온다는 것을 깨닫는다. 그의 책 『내가 늙어버린 여름』은 더 이상 물러날 데도 없이 노년에 접어든 작가의 고백이다. 남들보다 젊게 살아왔다고 자부해 왔으나 하릴없이 노인이 되어 가는 일에 대한 비애를 담아 낸 책을 펴자마자 단숨에 읽었다.

누구도 자신이 늙을 거라는 걸 모른다. 그것이 바로 인간의 어리석음이자 낙관성이다. 나 역시 이십 대 때는 평생 그 나이에 머무를 줄 알았지만 어느새 중년이 됐다.

백화점에 가서 쇼핑하면 좀 다를까 싶어 가 보아도 입을 만한 옷이 보이지 않는다. 어떤 옷은 지나치게 젊은이를 위한 옷 같고, 어떤 옷은 노인을 위한 옷 같다. 유명하다는 카페에 앉아 있어도 이상하게 내 주변만 둥둥 뜬다. 내 나이에, 나 정도의 주름을 가진, 나 정도의 몸을 한 사람은 대체 어디에 가면 되지? 어디서 뭘 사고 뭘 먹어야 하는 거야? 나 빼고 다들 몰래 가는 곳이 있나? 온갖 추억이 깃든 도쿄에 나는 좀처럼 스며들지 못한다.

며칠을 더 보내자 명료해진다. 이곳에서는 중년 여성의 존재가 깨끗이 지워져 있다. 티브이를 틀면 젊고 발랄한 어린 여성들, 아니면 뒷감당 따위 관심 없다는 듯 아무 말이나 지껄이는 아저씨들만 나온다. 내 나잇대 여성이라면 찔러도 피한 방울 안 나올 것 같은 무표정한 평론가, 목청을 드높이며 과장하는 행동으로 웃음을 사는 코미디언 정도가 다다. 인기 있는 동네의 '핫플'에 가더라도 내 나이 또래의 여성은 찾아보기 힘들다. 그들은 대체 어디 있는 거지? 집에 짱박혀 있나? 직장에서 일하고 있나? 아니면 실제로 다 죽었나?

비슷한 생각을 우리나라에서도 한다. 친구와 서울 성수동을 걸을 때면 자조적인 말을 내뱉는다.

– 우리, 여기에 딸 찾으러 온 사람들처럼 보이겠지?

농담이라고 던져 놓고도 다음부터는 이런 말, 하지 말아야겠다고 생각한다. 아마 누군가는 비슷한 생각으로 그곳에 발을 들이는 걸 망설이고 있을 것이므로. 아직 탑골공원 쪽은 아닌 것 같은데, 더 이상 젊지 않지만 충분히 늙지도 않은 내가 마음 편히 갈 수 있는 동네는 과연 어디일까. 그런 데가 있기는 할까. 어르신들이 술집으로 숨어들어 가는 이유에 절로 공감하게 된다. 거기 말곤 딱히 갈 데가 없는 것이다.

이 모든 생각은 나는 환영받지 못하는 존재라는 생각에서부터 온다. 나는 세월을 건너며 그저 존재하고 있을 뿐인데 세상은 그렇게 존재해서는 안 된다고 말한다. 미디어에서는 점차 또래가 보이지 않는다. 출판계에서는 나와 비슷한 나이의 여성작가 혹은 선배 여성작가들이 점점 눈에 띄지 않는다. 나 같은 사람의 이야기는, 듣고 싶어도 좀처럼 들을 수 없고 보고 싶어도 볼 수 없는 이야기가 되어 간다.

아니, 그런 이야기가 있기는 있다. 더 나아지거나 젊어지면 가능하다는, 덜 늙기 위해 '관리'한다면 세상은 다시 너를 반겨 줄 거라는 목소리. 그게 아니면 나잇값 못하고 추하게 늙어 눈살 찌푸리게 하는 사람들을 향한 손가락질이다. 둘 중 하나일 뿐 그 중간의 삶을 이야기하는 사람은 거의 없다. 그 탓에 중간을 사는 나는 스스로 충분하다고 여길 수가 없다. 살아온 세월 중 충분했던 적은 한 번도 없었던 것 같은데 여전히 세상은 나에게 부족하다고 말한다. 나는 언제쯤 부족하지 않은 존재가 될까.

미디어가 보여 주고 싶어 하는 중년의 이미지는 결코 중년처럼 보이지 않는 중년이다. 중년이지만 중년처럼 보여서는 안 된다는 불문율에 순응할 때만 자신을 드러낼 수 있다. 그게 아니면 관리 안 한, 늙어 보이는, 전혀 피곤하지 않은데도 피곤해 보이거나 이유 없이 심술 맞아 보이는 사람으로 남는다. 그저 존재할 뿐인데도 자연스레 같이 있기 불편한 사람, 어울리고 싶지 않은 사람, 생기도 매력도 없는 사람이 된다. 그가 진짜 피곤하고 심술 맞는지는 중요하지 않다. 세상이 입을 모아 그렇게 말하면 그는 그런 사람이 된다. 그러한 시선을 받는 사람이 건강한 마음으로, 자신 있게 살아갈 수 있을까.

영 거슬리는 '영포티'라는 말 역시 사십 대가 스스로 붙인 이름이 아니라 세상이 만든 이름이 아닌가. 진짜 포티는 자신을 영포티라고 부르지도 않고 생각하지도 않는다. 만약 스스로 영포티라고 칭하는 사람이 있다면 다음과 같은 사람

　이 아닐지.

1. 영포티로 보이고 싶은 오륙십 대
2. 영포티라는 단어의 뜻을 모르는 사람
3. 49.99999999살

이러한 세상의 흐름은 중년인 자신을 받아들이지 못하게 만든다. '포티'여도 '영'이어야 하지만, 그마저 조롱으로 소비되는 것이다. 이 모든 흐름에 분개하는 나 역시 외모에 대한 강박으로부터 자유롭지 않다. 가능한 한 눈을 돌리고 귀를 막아 외면해 왔을 뿐. 더는 경쟁력이 없다는 생각에 내려놓은 척할 뿐이다.

요즘도 거울을 볼 때마다 이게 내 얼굴이 맞는지 좌절한다. 셀카를 백 장 찍어 봐도 건질 게 한 장도 없어 낙담한다. 사람들이 정성껏 찍어 준 사진들을 볼 때마다 '이게 뭐야, 한 장도 쓸 수가 없잖아' 한다. 전혀 예쁘지 않은데도 만에 하나 예쁘게 보일 수도 있다는 일말의 가능성에 집착한다.

그 어떤 여성도 죽을 때까지 자신의 외모를 사랑하지 못할 것이다. 아무리 아름답다고 칭송받는 사람도 마찬가지일 거다. 거울 앞에 서면 모자란 점만 보이고, 군더더기만 눈에 들어오겠지. 평생 이렇게 사는 게 맞는가. 아닌 것 같은데 아무래도 답을 모르겠다.

　오늘 밤은 아무도 나를 신경 쓰지 않는 롯본기 거리를 걷는다. 롯본기의 밤은 언제 와도 쓸쓸하다. 근처에 아자부다이 힐스가 생기고 나서 쓸쓸함은 더 배가됐다. 세련된 건축물이 내뿜는 빛과 거리의 일루미네이션은 화려함만큼이나 사람을 서글퍼지게 한다. 그건 내가 반짝임에 걸맞지 않은 사람이기 때문일까. 아니면 내 안의 어둠이 빛 앞에서 주눅 들기 때문일까.

　지하철역 앞에서 내 앞을 걸어가는 두 명의 여성에게 아르바이트생이 전단지와 티슈를 나눠 준다. 잠시 후, 그의 옆을 지나쳐 가지만 나에게는 주지 않는다. 무표정으로 지나치면서도 속으로 조금 움찔, 한다. 티슈 따위 필요도 없으면서. 여전히 나는 사람들이 나를 대하는 태도를 신경 쓰고 있다.

　오래 걸어서 무거워진 다리를 쉴 겸 카페로 들어간다. 그래. 나 늙었다. 어쩔 거냐. 잔말 말고 커피나 줘 봐요. 아이스 아메리카노를 벌컥벌컥 마시며 느낀다. 서늘한 저녁에 찬 음료는 좀 힘드네. 쩝.

　그래, 나 중년이다. 차가운 음료가 부담스러운 중년. 길거리에서 티슈 못 받는 중년. 가능하면 주눅 들지 않고 싶은 중년이다. 무엇보다, 나이 들어서도 혼자 즐겁게 여행하고 싶은 중년이다.

논알코올 도쿄

∘
∘
∘

　도쿄에 올 때마다 삼시 세끼 생맥주를 마셨다. 일본의 술집을 겸한 음식점에서는 자리에 앉자마자 음료 주문을 먼저 받는데 탄산음료나 차를 주문할 바에는 생맥주를 마시는 게 나았다. 특유의 짜고 단 간장 베이스의 일본 음식을 가분하게 먹기 위해서는 단맛 없는 탄산음료가 필요했다. 얼핏 합리적인 이유로 도쿄에서는 밥상 위에 꼭 생맥주가 올랐다.

　사회생활을 시작하고 나서 술맛을 알게 되었다. 회식이나 모임에서 낯가림을 숨기느라 급급했던 내게 술은 외향성을 부여해 주었다. 맨정신으로는 어려운 대화도 술이 좀 들어가면 가능했고, 호기롭게 농담을 던지거나 풍성한 리액션도 할 수 있었다. 사회생활에는 술이 꼭 필요하다는 착각과 함께 점점 술과 가까워졌다.

　불편한 이야기는 술기운을 빌려 털어놓고, 부담되는 분위기를 견디기 위해서 술부터 찾았다. 어느새 술 없이는 사람을 만나지 못했다. 모임이 열릴 때마다 거침없이 술을 들이붓는 내 모습을 호쾌하다, 놀 줄 안다며 칭찬하던 사람들의 반응은 더욱 술을 찾게 만들었다.

　하지만 다음 날 이어지는 숙취와 후회, 기억나지 않는 언행들을 다른 사람들에게 전해 들을 때면 어제의 즐거움은 급속 증발했다. 술에 기대어 나 아닌 나를 만들고 말았다는 자괴감에 허덕이면서도, 사람들이 모이는 자리에 갈 때마다 술 먼저 들이켰다. 언제든지 술을 끊을 수 있다는 헛된 믿음은 점점 더 술에 의존하게 만들었다.

한참의 시간이 지나고, 더는 이렇게 살고 싶지 않아서 술을 끊으려고 여러 방면으로 노력했다. 그러나 술은 노력으로 끊어지는 게 아니었다. 술을 끊기 위해 가장 먼저 시도해야 할 것은 일단 하루만 술을 마시지 않는 것. 어제는 마시지 않았지만 오늘은 마시고 말았다. 하지만 내일은 마시지 않을 수 있다. 하루하루를 술 마시지 않은 첫날로 만들어 금주한 날을 늘려 가는 것이다.

그걸 위해서는 나와 비슷한 시간을 건너온 사람들을 만날 필요가 있었다. 용기 내어 단주 모임에 참석했다. 나처럼 그저 오늘 하루만 술을 마시지 않기 위해 모임에 나온 사람들의 이야기를 듣고, 내 이야기를 털어놓으며 취하지 않는 날을 늘려 갔다. 어느새 나는 술 마시지 않는 하루를 사 년째 보내고 있다.

이번 도쿄 여행에 술은 없다. 끼니마다 생맥주를 원샷하던 나도 없다. 음료는 뭘로 주문하겠냐는 종업원의 질문에 "우롱차 주세요"라고 대답한다. 오랜만에 친구와 마주해도 맥주잔을 부딪치는 대신 칼피스カルピス로 건배한다. 술 없는 도쿄에서의 나날이 차곡차곡 쌓여 간다.

하지만 복병이 있었으니, 티브이에서 흘러나오는 맥주 광고다. 호텔방에 틀어 놓은 티브이에서는 시도 때도 없이 맥주 광고가 나온다. 일본에는 주류 광고 제한 시간 따위 없는지 티브이만 틀면 "캬!" 하며 맥주를 벌컥벌컥 들이켜는 스타들의 모습이 등장한다. 술 광고를 매일 배경음악처럼 접하다 보니 "술, 그게 뭐라고?"라는 생각이 든다.

저녁에 먹을 야식을 사러 편의점에 가도 냉장고를 몇 칸이나 써 가며 진열한 맥주들이 눈에 들어온다. 하긴, 일본은 맥주지. 습도 높은 날씨에 개운하게 싹 씻고, 냉장고에서 딱 맞게 차가워진 맥주 한 캔을 따면 바로 그곳이 파라다이스. 하지만 알고 있다. 오늘 마시면 나는 내일도 마실 것이다. 내일 마시면 모레도, 글피도, 어쩌면 평생.

단주 모임은 어느 나라건 있다. 일정을 마치고 숙소로 돌아와 인터넷 검색을 해 보니 내일 저녁 롯본기의 한 교회에서 단주 모임이 열린다고 한다. 내일은 여기에 가야지. 그 다짐만으로도 마음에 평안이 오백 시시쯤 채워진다.

다음 날, 롯본기역에서 내려 십 분쯤 걸으니 언덕배기에 한 교회가 보인다. 눈만 돌리면 십자가가 보이는 우리나라와 달리, 일본에서 교회를 찾기는 쉽지 않다. 며칠 만에 마주한 반짝이는 십자가에 안도하며 건물 안으로 들어간다.

지하로 향하는 계단을 반쯤 내려가니 문이 열린 방이 보인다. 방 앞에는 단주 모임 책자와 음료수가 소박하게 놓여 있다. 좁은 방에는 작은 등받이 의자가 촘촘히 배치되어 있고, 사람들이 담소를 나누고 있다. 기어올라 오는 민망함을 욱여넣으며 의자 하나를 정해 앉는다. 눈이 마주치는 사람과는 애써 인사를 나눈다.

- 하이Hi.

참석한 사람 대부분이 백인이다. 영어로 진행되는 모임인가 보다. 아니나 다를까 사회자가 거침없이 영어로 모임의 시작을 알린다. 영어로만 진행되는 단주 모임은 처음이라 한 마디도 알아듣지 못한다.

단주 모임의 식순은 어느 나라건 비슷하다. 먼저 정해진 문장을 함께 읊고, 각자 자기소개를 한다. 모든 사람은 실명이 아닌 모임용 이름을 쓴다. 나에게도 모임 전용 이름이 있다.

도쿄에서 사는 사람이 대부분인 것 같지만 나처럼 잠시 여행 온 사람도 몇 명 있다. 내 차례가 되어 벌게진 얼굴로 인사한 후 단주 모임명을 밝힌다. 사람들은 나의 짧은 소개에 '안녕, (이름)누구누구'로 화답한다.

사람들이 돌아가면서 경험담을 나누는 시간이 이어지지

만 역시나 거의 알아듣지 못한다. 초반에는 조금이라도 이해하기 위해 미간에 힘주며 집중했지만, 귀를 기울이면 기울일수록 어쩜 이렇게 하나도 못 알아듣겠는지 나중에는 '모든 게 그저 음악이다' 하고 앉아 있을 뿐이다. 허탈함과 짝꿍이 되어 있다 보니 모든 순서가 마무리된다. 그 와중에 순서의 마지막에 사회자가 하는 말만큼은 또렷이 들린다.

— 칩을 받고 싶은 사람이 있나요?

단주 모임에서는 일 년, 이 년, 삼 년 등 연이어 단주에 성공한 사람에게 칩을 준다. 이 역시 전 세계 공통인데, 상장이나 메달처럼 금주를 축하하는 의미로 커다란 동전을 주는 것이다. 나는 쭈뼛쭈뼛 손을 들어 짧은 영어로 더듬거린다.

— 저요. 금주한 지 사 년 됐어요.

방 안에 박수 소리가 울려 퍼진다. 나는 붉은 얼굴로 앞으로 나가 사회자가 건네는 구릿빛 칩을 받아 쥔다.

— 축하해요.

— 고맙습니다.

자리에 앉자, 주변에 앉은 사람들이 축하를 건넨다.

다 함께 '평온을 구하는 기도'를 읊는 것으로 모임이 끝난다. 그것조차 영어로 진행되어 또 한 번 엉터리 립싱크를 할 뿐이다. 영어 단주 모임에 참석하고 나니 절로 술 생각이 나네. 안전한 참여를 위해서는 일본어로 진행되는 모임을 찾아야 할 것 같다.

한 시간 전, 긴장하며 올라갔던 언덕을 조금은 후련해진 마음으로 내려온다. 바지 주머니에는 사 년간 술을 마시지 않았다는 이유로 받은 칩이 들어 있다.

숙소 앞 편의점 쇼핑에서는 가뿐히 맥주를 지나친다. 잠들기 전에 일본어로 진행되는 단주 모임을 검색한다.

새로운 아침. 오늘은 오후 두 시, 우시고메쿠라자카牛込神楽坂역 근처에 있는 구민회관에서 단주 모임이 열린다고 한다. 여행자로서는 결코 올 일 없는 평범한 주택가를 걷다 보니 어둡고 웅장한 건물이 눈에 띈다. 석탄색 벽돌로 단단하게 메운 외관이 듬직하고 세련미 넘친다. 똑같이 생긴 건물 둘 중 하나는 본관, 하나는 창고라고 한다. 무슨 건물이 이렇게 크고 멋지지? 간판을 보니 어쩐지 출판사 같다.

궁금한 마음에 스마트폰을 켜서 홈페이지에 들어가 보니 잡지, 단행본, 만화 등 광범위한 출판물을 발행하는 대형 출판사 신초샤新朝社다. 무려 1896년에 창업한 이곳은 자사만의 문학상을 가지고 있고, 무라카미 하루키의 『1Q84』를 만든 출판사라고. 그렇다면, 석탄색 벽돌의 3분의 1 이상을 하루키 상이 올렸다는 뜻이려나.

함께 일한 출판사의 건물을 마주할 때마다 생각한다. 이 건물의 기둥 하나쯤은 내가 올린 게 아닐까. 하지만 현실은……, 여기까지만 말하는 게 좋을 것 같다.

아무튼, 멋지구나. 어딜 가도 나는 용케 책 냄새를 맡네.

느릿느릿 걷다 보니 어느새 구민회관이 나타난다. 여행 와서 이런 곳은 처음이라 머뭇머뭇 건물 안으로 들어가니 입구에 경비원으로 보이는 어르신이 있다. 단주 모임 장소를 찾고 있다고 하니 4층으로 가 보라고 한다.

4층에는 다양한 문화 교실이 열리는 공간 같다. 방을 하나하나 살펴보지만 단주 모임이 열릴 것 같은 곳은 보이지 않는다. 그냥 돌아가야 하나.

그때, 구석에 일본식 미닫이문으로 된 공간이 눈에 들어온다. 조심스레 문을 여니 입구에 신발이 몇 개 보이고 안쪽으로 다다미방이 펼쳐져 있다. 내적으로 땀을 좀 흘리며 묻는다.

- 단주 모임인가요?

고개를 끄덕이며 들어오라는 한 남성의 말에 신발을 벗으며 방 안으로 들어간다.

방 한가운데 네모난 좌식 테이블이 넓게 깔려 있고, 주변으로 사람들이 거리를 두고 앉아 있다. 오늘 역시 나 빼고 다들 익숙한 사이 같다. 서로 서로 친밀하게 대화를 나눈다. 어제처럼 나만 동동 뜬다.

시작 시간이 되어 사회자가 상석에 앉아 진행을 시작한다. 정해진 문장을 함께 읊고 사회자가 공지 사항 전달을 마치자 한 명씩 자기 이야기를 하는 시간이 이어진다. 어제 모임과 다르게 서로 말하겠다는 분위기가 아니다. 일본인 특유의 차분하고 나직한 태도에 사회자가 한 명씩 지목해 발언자를 정한다.

아기를 안고 온 젊은 여성이 이야기를 시작한다. 독박 육아에 지쳐 술에 의존하게 되었다는 여성의 이야기에 얼굴도 모르는 그의 남편에 대한 분노가 올라온다. 영문도 모른 채 엄마 품에 안겨 있는 아기의 얼굴을 보는 게 어쩐지 미안해서 고개를 돌린다.

두 번째로는 딸을 위해 금주를 결심했다는 엄마뻘 여성

이 이야기를 들려 준다. 알코올 중독 치료 센터에서 퇴원한 지 얼마 되지 않았다는 말에 마음이 놓이면서도 가슴 한구석이 아리다. 여성은 갓 스무 살이 된 딸의 인생에 걸림돌만큼은 되고 싶지 않다며 훌쩍인다.

또 다른 아저씨는 모임의 분위기 메이커 같았는데, 분명 맨정신임에도 술주정 같은 연설을 이어 간다.

― 우리는 잘 살고 있어! 그렇지 않아? 남한테 피해 안 주지. 열심히 살지. 이 정도면 되는 거 아냐?

이윽고 다음 발언자를 기다리는 분위기가 된다. 여기서는 나도 말할 수 있지 않을까. 적어도 다른 사람들의 말을 알아듣고는 있잖아. 오늘 역시 한마디도 안 하고 돌아가면 후회할 것 같아 용기를 내 보기로 한다. 움찔움찔 손을 들자 심장이 달음박질친다. 일단 인사하고 이름은 밝혔지만 무슨 이야기를 해야 하지. 모든 사람이 나를 물끄러미 보고 있다.

― 저는 도쿄를 여행 중인 한국인입니다. 사 년 정도 술을 마시지 않았어요. 그런데 일본에 오니까 텔레비전만 틀면 맥주 광고가 나오더라고요. 절로 술 생각이 났어요. 한 잔만 마실까. 여행 중이니까 괜찮지 않을까. 사 년이나 안 마셨으니까, 취하지 않을 수 있지 않을까 하면서요.

말없이 내 이야기를 듣는 사람들의 얼굴을 쳐다보니 불쑥 부끄러움이 밀려온다. 그래. 나는 이 부끄러움으로부터 달아나려고 술을 마셨지. 하지만 술은 부끄러움을 해소하는 데 아무런 도움이 되지 않았다. 오히려 부끄러움을 더 크게 만들어 일상 전체를 수치심으로 몰아넣었다. 달아오르는 얼굴을 숨기듯 고개를 푹 숙이자 조금 마음이 진정된다. 그 상태로 발언을 이어 간다.

- 저에게는 술이 용기였어요. 저는 겁이 많고 낯도 많이 가리는데요. 술을 마시면 힘이 나고 외향적이 되고 사람들도 대면할 수 있더라고요. 그래서 점점 가까이했던 술이, 어느새 습관이 되어 제 삶이 돼 있었어요.

무슨 말을 하고 있는지 모르겠다. 벌건 얼굴로 그저 꼼지락거리는 두 손만 내려다본 채 한참을 떠든다. 똑같은 말을 반복하는 것 같은데 그만하라고 하는 사람은 없다. 말하는 나조차 듣기 괴로운, 엉망진창 일본어를 사람들은 그저 듣는다. 두근대는 심장 소리를 느끼며 한참을 떠들고는 인사로 마무리한다.

- 들어 주셔서 감사합니다.

한 시간 반이나 이어진 모임이 어느새 마무리된다. 모임 내내 얼굴에 은은한 미소를 짓던 중년 남성은 도쿄의 단주 모임 일람표를 건넨다. 시간이 되면 또 들러보라면서. 아까 성내듯 이야기하던 아저씨는 몇 년 전에 한국 여행을 다녀왔다며, 맛있는 게 많아서 좋았다고 말을 건다. 겉으로는 미소를 띠며 이야기를 나누면서도 내 가슴은 여전히 요동친다.

도쿄에서의 두 번째 단주 모임을 마치고 구민회관을 빠져나온다. 잠시 서서 숨을 골라야 할 정도로 강도 높은 모임이었다. 심호흡을 여러 번 하고, 두 눈을 몇 번 끔뻑이며 지하철역으로 향한다. 가슴속으로 부드러운 공기가 밀려온다.

오길 잘했어. 잘 버텼어.

남은 일정 동안 티브이에 술 광고가 나와도 흔들리지 않을 것 같다. 나는 맨정신으로 앞을 향해 걷는다.

Dumode Oneen
SHIBUYA
BEER
HALL
宇田川ピアホール

사진 촬영 금지

。。。

첫 책을 준비하면서 3주간 도쿄에 머물 때, 가장 힘들었던 건 사진 촬영이다. 음식이 주제인 책인 만큼 식당고- 음식 사진이 꼭 필요했는데 주인이 있는 공간과 누군가가 만든 음식을 카메라에 담는 일이 결코 쉽지 않았다.

관광객이 호기심에 들이대는 카메라에 그러려니 하는 사람들도 있었지만 입구에서부터 '사진 촬영 금지'라는 경고가 붙은 가게가 있었고, 손에 들고 있는 카메라만 보고도 "사진, 안 돼요!"라며 치고 나오는 가게 주인이 있었다. 한참 망설이다 "사진 찍어도 될까요?" 물으면 "사진은 자제해 주세요" 하며 난색을 표하는 점원들도 있었다.

쓸쓸한 경험이 반복되자 가게에 들어가기 전부터 긴장됐다. 가끔 사진을 몰래 찍다가 걸려 어디에 쓰는 사진이냐며 꼬치꼬치 추궁당할 때면 땅 아래로 꺼지고 싶었다. 음식 맛을 음미하는 척하며 언제쯤 카메라를 꺼내 들어야 할지 내내 고민하다가 도무지 물어볼 분위기가 아니라는, 몰래 찍어서 될 일도 아니겠다는 결론이 나 밥만 먹고 나온 적도 많다. 속으로는 사진 가지고 왜 그렇게 유난이냐고 불평하면서. 그깟 사진 좀 찍으면 가게가 닳기를 합니까, 음식이 썩기를 합니까.

결국 사진 공포증에 걸려서 도쿄에 정이 떨어질 지경이었다. 그때의 괴로움은 내 안에 작은 상처로 남아, 이제 도쿄 여행을 할 때는 가급적 사진을 찍지 않는다.

하지만 이번 여행에서는 찍어야 한다. 대신 예전처럼 무리하지 말자. 예의를 지키자. 사진 촬영 금지라는 경고에 꼬박

꼬박 순응하면서 가게의 사진이나 판매 중인 물건을 찍고 싶을 때는 먼저 물건을 구매하고 양해를 구하자.

사진을 찍다 보면 어떻게든 사람들의 모습을 담게 되는데 이 부분도 신경 쓰지 않을 수 없다. 모르는 사람의 피사체가 되고 싶은 사람은 없다. 어쩌면 내가 찍는 사진은 책에도 실릴 가능성이 있기에 더 주의해야 한다. 그럼에도 누군가의 뒷모습이나 희미하게나마 얼굴이 담긴 사진을 남기고 만다.

그러나 이 모든 건 내가 급하지 않을 때의 이야기다. 단주 모임에 참여했을 때 모임 특성상 사진을 하나도 남기지 못했다. 성당에는 문 닫은 시간에 잠시 들러 외관을 찍었지만, 구민회관만큼은 다시 방문해 내부 사진도 남기고 싶었다.

며칠이 지나 다시 와 보니 모임이 이루어진 공간은 문이 닫혀 있었지만 해당 층은 자유 출입이 가능한 것 같다. 안도감 반, 흥분 반으로 신나게 셔터를 누르기 시작한다.

- 무슨 사진을 찍는 겁니까?

등 뒤로 누군가의 목소리가 들린다. 고개를 돌리자 공무원으로 보이는 사람이 서 있다. 대답을 머뭇거리자 그는 다시 묻는다.

- 무슨 용도로 사진을 찍습니까?

당혹감에 눈을 껌뻑이며 대답한다.

- 며칠 전에 여기에서 열리는 단주 모임에 참석했어요.

더 자세한 설명이 필요하다는 듯 빤히 쳐다보는 그의 얼굴 앞에서 멋대로 거짓말이 튀어나온다.

　- 그때 이야기를 개인적인 기록으로 남기고 싶어서요. 블로그 같은 거요. 그래서 사진을 몇 장 찍은 건데…….

내 말을 낚아채듯 차가운 말이 날아든다.

　- 안 되죠, 그건.

또 걸리고 말았구나 싶어 마음의 눈이 질끈 감긴다. 일단 사과를 해야 한다.

　- 죄송합니다…….

그 말에는 거짓말을 해서 죄송하다는 뜻도 들어 있다. 사과를 들은 그는 기다렸다는 듯이 할 말을 퍼부어 댄다.

　- 사진은 안 됩니다. 여긴 공기관이잖아요. 사진을 찍으려면 미리 허가를 받아야 해요. 아니면 적어도 찍기 전에 물어보던가요. 멋대로 사진을 찍으면 어떡해요.

그의 말은 다 맞기만 해서 변명의 여지가 없다. 고개를 연신 꾸벅이며 중얼거린다.

　- 죄송해요. 정말 죄송합니다! 찍지 않겠습니다…….

억지 미소를 만들어 가며 고개를 조아리는 내게 그는 마지막 경고를 날린다.

　- 갑자기 막 사진을 찍어대는 게 어딨습니까?!

'실례'나 '기본' 또는 '매너'라는 단어가 등장하지 않았음에 안도하며 다시 한번 '죄송해요'를 읊는다. 얼른 등을 돌려 하행 엘리베이터에 몸을 싣는다. 엘리베이터에 붙은 거울 안의 내 얼굴을 차마 쳐다볼 자신이 없다.

건물을 빠져나오자 놀란 가슴이 세차게 뛰며 즉시 마음이 가라앉는다. 이게 뭐라고, 이런 일로 또 기죽는 거야. 누군가한테 잘못을 지적당하는 걸 왜 매번 이렇게 힘들어하는 거야. 나는 잘못했고 그 사람은 할 일을 했어. 그러니까 다음부터 조심하면 돼. 하지만 내 마음은 결코 그 말에 동의하지 못한다.

더 생생한 글을 위해서는 사진이 꼭 필요하다고, 분명 독자들도 궁금해할 장면이라고 생각했지만 과연 그것만이 진실일까. 어떻게 하면 몰래 음식 사진을 찍을 수 있을지 잔머리를 굴리던 예전의 나와 지금의 나는 조금도 변하지 않았다. 타인의 초상권 또는 기분을 상하게 하기 전에 양해를 구하는 일 따위, 내가 급할 때는 안중에도 없다.

사진이 없다면 글을 더 생생하게 쓰면 된다. 어떤 단어와 문장을 골라 표현하면 좋을지 고민하면 된다. 독자의 눈앞에 떡하니 들이댈 용도로 찍은 사진으로 뭘 퉁치려 하고, 어떤 수고를 건너뛰려 했는지 마음이 찔려 얼굴이 화끈거린다. 더군다나 참가자 모두에게 예민한 자리일 수밖에 없는 단주 모임을 그렇게 가볍게 여겼다니. 그 직원이 마치 나의 '무개념'을 지적하는 것 같아 마음이 쓰다. 얼른 잊자. 아니 잊지 말자. 무언가를 사진으로 남긴다는 건 결코 단순한 일이 아니라는 사실을.

도망치듯 지하철역으로 뛰어 들어가며 생각한다. 오늘부로 나는 '사진 촬영 금지'라는 말을 다르게 받아들이게 될까. 아니면 아무런 발전도 변화도 없이 틈만 나면 카메라부터 들이대는 사람으로 머물까.

적어도 이것 하나는 알 것 같다. 사진 촬영 금지라는 말은 선전포고나 텃새, 분노의 표현이 아니라 '나와 이곳에는 거절할 권리가 있어요' 라는 뜻이라는 걸. 누군가가 들이대는 카메라를 거부할 권리가 나에게 있듯 누군가에게도 똑같은 권리가 있다.

목에 건 카메라를 가방 깊숙이 집어넣는다. 앞으로 몇 시간은 카메라 따위 쳐다보고 싶지 않다.

Go、시모기타자와

。。。

목요일 저녁 일곱 시 이십 분. 오다큐선小田急線 시로기타

자와역 동쪽 출구 앞에서 둘은 만난다.

나　예이.

너　예이, 예이. (단도직입) 세 군데를 추렸어. 하나는 회

　가 있는 식당. 하나는 꼬치구이집. 하나는 이것저것

　다 있는 이자카야. 세 번째가 제일 분위기가 좋아.

나　그럼 세 번째.

너　오케이.

나　고맙습니다. 올 때마다 만나 주고, 식당도 다 알아봐

　주고. 일하다 와서 피곤할 텐데.

너　됐어. 일보다 너를 안 지 더 오래됐어. 대학생 때 널

　만났는데.

나　그땐 풋풋했지. 풋사과처럼.

너　하하. 이젠 상처 난 사과야. 세월이 흘렀어.

나　많은 일들이 있었지.

너　그치. 근데 사과는 상처 난 사과가 제일 맛있다는 말

　이 있잖아.

나　아닌데. 사과는 비싼 게 제일 맛있어.

너　아하하. 상처 있는 사과가 제일 맛있다고 어떤 철학

　자가 말했어.

나　그럴 리가 없잖아. 은유 아냐?

　약 이십 년 전, 두 사람은 방콕에서 처음 만났다. 이후 나라와 도시를 넘나들며 이어진 만남은, 세월의 더께를 얹은 우정으로 거듭났다.

　두 사람은 주점에 들어가, 주방을 마주 보는 카운터석에 나란히 앉는다.

너　한국 대통령 바뀌었더라.

나　응.

너　전 대통령은?

나　감옥에 있지.

너　아.

나　일본도 총리 때문에 시끄럽던데.

너　응. 큰일이지.

나　큰일이면 뭐해. 아무도 안 움직이는데.

너　(뜨끔)

나　일본인들은 정치는 정치인들의 몫이라고 생각하지 않나? 그런 걸 보면 민주주의 국가가 맞나 싶어.

너　(땀 삐질) 전쟁을 허용하는 헌법개정에 반대하기는 했지.

나　실제로 움직인 사람은, 한 줌 아니었나?

너　(눈 질끈)

나　한국이었으면 가만히 안 있지. 못 참거든. 일본 사람들은 나라도 정치인도 웬만하면 참는 것 같아.

민주주의는 수동이야. 자동이 아니라고.

대화 주제는 해를 거듭할수록 묵직해진다. 단, 어떤 이야기를 해도 서로 상처받지 않는다. 마음에 담아 두지 않는다. 평소에는 별다른 연락도 없이 일이 년에 한 번, 가뿐하게 만나고 헤어지는 관계가 주는 자유로움이다.

25

너 근데 여행이 아니고, 출장을 온 거야?

나 반반. 내 첫 책이 도쿄 여행책이었는데 정보가 달라져서 몇 년 전에 절판됐어. 근데 요 몇 년 도쿄 여행을 하다 보니, 도쿄 이야기를 새로 써 보는 것도 괜찮겠더라. 과거와 현재의 여행을 비교도 해 보고.

너 재밌겠다.

나 그래? 제목도 생각했어. 내향인의 도쿄.

너 오 재밌다. 너의 도쿄 이야기라는 뜻인가 보네. 이십 년 전에 도쿄를 여행할 때랑 지금이랑 뭐가 달라진 것 같아?

나 내가 뭘 원하는지 알게 된 것 같아. 이십 년 전에는 가이드북에 나온 것만 해야 한다고 생각했어. 근데 요새는 내키는 대로 설렁설렁 돌아다녀. 욕구가 줄어들었다고 할까.

너 욕구가 줄어드는 게 네가 원했던 거야?

나 그렇다기보다는 애초에 나는 그렇게 큰 걸 바라는 사람이 아니었던 것 같아. 예전에는 유명해지고 싶고, 책도 많이 팔렸으면 좋겠고, 바라는 게 엄청 많았거든. 그렇게 되면 행복해질 줄 알았지.

그래서인지 질투도, 불만도 많았어. 여행할 때도 욕심이 많으니까 뜻대로 안 되면 실망하고 짜증 내고. 그래서 이것저것 하는 건 많았는데 크게 즐겁지는 않았던 것 같아. 뭘 해도 만족이 되지 않았으니까.

늘 초조했어. 현실이 못마땅했고. 그래서 그렇게 술을 마셨나? 벌써 나 술 끊은 지 사 년 됐다?

두 사람 앞에는 논알코올 음료가 놓여 있다. 오랜만에 만나 잔을 높이 들며 건배하는 기분은, 잔에 든 음료의 종류와는 상관없다. 한 사람은 종종 술을 즐기지만 술을 마시지 않는 친구를 위해 오늘은 자제하기로 한다.

너 벌써 그렇게나 됐구나. 기분이 어때?

나 처음엔 힘들었지. 사람을 만날 수가 없었어. 이제껏 술 안 마시고 사람을 만나 본 적이 없으니까, 맨정신에 사람을 어떻게 대해야 할지, 무슨 말을 해야 할지 모르겠더라고. 사람을 만나면 마치 나 혼자만 옷을 다 벗고 앉아 있는 것 같았어.

너 아, 알 것 같아, 그 기분. 내 친구 중에 평소에 엄청 조용하고 얌전한 애가 있거든. 근데 걔가 술만 먹으면 돌변해. 말도 엄청 세게 하고, 폭력적이 돼.
    하루는 그 친구랑 술을 마시는데 나보고 예전에 자기한테 잘못한 거 사과하라면서 소리를 지르더라.
    그러면서 하이쿠 형식으로 사과를 하라는 거야. 5-7-5로. 미안합니다 - 정말 미안합니다 - 죄송했어요, 이렇게.

나 문인이냐. 글짓기를 다 시키네.

너 근데 시키는 대로 했더니 마음에 안 든다고 하대?

나 어휴. 평소에는 얌전한데 술만 마시면 돌변하는 사람 많아. 분노를 그때그때 풀지 못해서 그런 것 같아.

너 늘 눌려 있다가 술을 매개로 자신을 놓아 버리는.

나 그치. 술 끊은 지 몇 달이 지나고 나서야 사람들을 만나기 시작하면서 느낀 게 '아, 나는 인간관계를 처음부터 다시 배워야 하는구나' 였어. 대화를 이렇게 하면 되나? 어색할 땐 어떻게 하면 되지?

마치 사람 대하는 법을 처음 배우는 느낌이 들었어. 처음에는 어색하고 불안했는데, 그제야 비로소 누군가를 진짜 나로서 대면하는 것 같더라고. 기댈 데가 전혀 없는 상태로 현실을 마주하는 느낌이랄까.

예전에는 습관처럼 회피하거나 무시하거나 도망쳤거든. 근데 이제 그럴 수가 없으니까 뭐든 스스로 감당해야지, 생각하게 되더라고.

너 와. 술을 끊고 나니까 그런 힘이 생긴 거야?

나 힘이 생겼다기보다 '해야지 어떡해' 같은 거야. 그런데 이 생각이 결국은 나 자신을 대면하게 만들더라고. 내 생각, 감정, 행동에도 책임감을 갖게 되고. 자연스럽게 내가 어떤 걸 원하는지, 어떤 게 필요 없는 사람인지도 알게 됐어.

너 술을 끊고 널 만난 거네.

나 그런 것 같아. 예전에는 나를 잘 몰랐던 것 같아.

예를 들면, 나는 누군가를 사랑하고 또 사랑받는 느낌이 삶에서 꼭 필요하다고 생각했어. 근데 그게 연애에만 국한돼 있었지. 그래서 연애를 안 하면 불안하고, 뒤처진 것 같았고. 그런데 원하던 연애를 해도 좋지가 않았어. 내가 이걸 즐기고 있는 게 맞나, 진짜 원하는 게 맞나 싶고.

너 상대를 좋아했는데도?

나 좋아했는지도 모르겠어. 뭐랄까. 연애할 때마다 역할극을 하는 것 같았어.

나는 평소에 외모로나, 조건으로나 대단한 사람한테 끌리지 않거든? 말 통하고 같이 있으면 재미있는, 친구 같은 사람을 좋아해. 근데 연애할 때는 그렇지 않았어. 연애와 인간관계는 다르다고 생각한 거지. 늘 가슴이 뛰고, 나를 긴장하게 만드는 사람을 만나야 한다고 생각했어.

너 K-드라마를 너무 많이 봤나, 하하.

나 큭. 드라마 잘 안 봤는데도 그러더라고. 근데 내가 술을 끊기 시작한 시기랑 개랑 살기 시작한 시기가 겹치거든? 웃긴 게, 개랑 살고 나니까 '내가 원했던 건 이런 사랑이었구나'를 알게 됐어.

너 조건 없는 사랑?

나 응. 역할이 중요하지 않은 사랑? 나랑 걔 사이에 무슨 역할이 있겠어. 나는 퍼부어 주고, 걔는 날 반기는 거지. 마음에 안 들면 막 짖고. 엄청 단순하잖아.

그래서 이런 생각도 했다? 만약에 더 어릴 때 연애가 아닌 다른 사랑의 형태를 다양하게 경험했더라면 지금쯤 결혼해서 애를 낳고 살았을지도 모르겠다……. 나는 내 안에 조건 없이 누군가를 사랑할 힘이 있는 줄 몰랐어. 지나고 보니까, 연애에서 느끼는 짜릿함? 욕망당한다는 만족감? 그런 게 사랑이라고 착각한 것 같아. 그래서 헛짓거리도 엄청 했거든?

얼마나 미쳤었냐면, 되게 오래된 남자 사람 친구가 있는데, 그 친구가 미국에 살아. 난 그 친구가 날 좋아하는 줄 알았다? 왜냐하면 혼자 한국에 와서 나를 만나고 가고 그랬거든. 같이 여기저기 다니면서 좋은 시간도 보내고. 근데 걔가 이듬해에 서울에 또 온다는 거야. 그때 확신했지. 얘가 나한테 반했구나.

너 하하. 그럴 만도.

나 그래서 혼자 설레발치면서 내가 공항으로 데리러 가겠다, 차로 마중을 나가겠다, 막 그랬어. 뭔가 드라마나 영화처럼, 로맨틱한 상황을 연출하고 싶었던 것 같아. 공항에서 재회하고 끌어안고 막. 그날로 1일 이런 거. 난 걜 딱히 좋아하지도 않았단 말야.

근데 며칠 뒤에 걔한테서 메일이 왔어. 서울에 자기

약혼자랑 오겠다는 거야.

너 하하. 이런……. 약혼자가 있었어?!

나 그랬나 봐. 그 메일을 보고 순식간에 짜게 식어서 내가 뭐라고 한 줄 알아? "갑자기 급한 일이 생겼다. 너를 데리러 공항까지 못 가게 됐다" 했어.

너 하하하.

나 그러고 나서 얼마 뒤에 걔랑 약혼자가 서울에 왔는데, 계속 바쁘다면서 만나지도 않았다? 갑자기 없던 일을 만들고. 미안, 이상하게 바쁘네? 이러면서. 김이 확 새서 보고 싶지도 않더라고. 걔는 날 좋아했어야 하는데. 나를 만나러 한국에 오는 거였어야 하는데. 우리는 어떻게든 로맨틱한 관계로 발전해야 하는데 약혼자가 웬 말이냐. 그래서 결국 걔는 기껏 한국 와서 날 한 번도 못 보고 돌아갔다? 나 진짜 돌아이 아니냐?

너 하하하.

나 너도 한국 올 때, 내가 공항에 데리러 나간다고 하면 조심해라.

너 하하하. 응, 나오지 말라고 할게.

나 응, 꼭 말려라.

별 이야기를 다 하고 있다. 하지만 나만 그럴 순 없지.

나   근데 나만 이상한 얘기 하는 것 같은데.

너   이상한 얘기, 나도 있지 왜.

나   그럼 빨리 말해.

너   음……. 지금 애인 말고, 전에 좋아하던 사람이 있었어. 친구 소개로 처음 만났고 며칠 뒤 따로 한 번 더 만났거든? 그때 이미 그 사람을 엄청 좋아하고 있었어. 그래서 두 번째 만났을 때 티를 많이 냈어.

나   고백했나?

너   고백이라기보다는, 표현했지. 너무 행복하다, 오늘 내가 세상에서 가장 행복한 사람인 것 같다……, 등등.

나   뭐야 그게.

너   아니, 그 사람이 너무 좋으니까 같이 있는데 감정이 주체가 안 되는 거야.

나   가슴이 막 소리치드나?

너   응. '좋아해'가 입에서 막 튀어나와.

나   푸하하.

너   그랬더니 부담스러워하더라고.

나   아……. 그래서 차였어?

너   차였다기보다 잘 안 될 것 같은 느낌이었지. 그런데 그날 차인 건 아니고 그다음에 한 번 더 만났는데 그때 좀 에둘러 거절하더라고. 너무 급한 것 같다, 부담스럽다면서. 그런데 며칠 뒤에 갑자기 밤 열한 시에 그 사람한테서 전화가 왔어. 만나자면서.

나 …… 뭐야!

너 나, 그때 다른 친구 만나러 가는 길이었거든. 근데 그 전화 받고 바로 그 사람한테 간 거야. 친구한테 연락도 안 하고. 다급해져서 연락하는 것도 생각 못 했어. 친구는 계속 나 기다리고 있고.

나 하하. 친구 띠용. 그래서, 뭐래, 그 사람이?

너 그날로 사귀게 됐어.

나 장난 아니네!

너 전에 말한 적 있잖아. 지금 만나는 사람 전에 오래 만난 사람이 있다고. 그런데 갑자기 헤어지게 됐다고. 난 준비도 안 됐는데 말야.
난데없이 헤어지자고 하는데 내가 뭐라고 한 줄 알아? "응, 알았어" 했어. 그거 말고는 아무 말도 못 하겠더라고……. 말문이 막히더라. 왜 헤어지고 싶은지 궁금했는데, 묻지도 못하겠고. 짐작도 안 갔고.

나 이유를 들어서 뭘 하겠어.

너 하긴. 근데 아직도 마음에 응어리가 남아 있어. 그때 한마디도 못하고 그냥 끝내 버린 것에 대한 아쉬움? 해결 안 된 찜찜함이 아직 있어.

나 그런 관계도 있는 거야.

너 (생각에 잠긴다)

26

나 모든 관계가 깔끔하게 결론 나는 게 아니더라. 찜찜하게 끝나는 관계도 있어. 그럴 땐 굳이 캐묻거나, 궁금해하기보다 이다음에 만날 기회가 생기면, 자연스럽게 할 수 있는 이야기가 있을 거야. 그때는 하고 싶은 말 다 해.

너 응. 근데 난 부럽다. 네가 많은 것들을 대면하고 살고 있다는 말이 계속 맴도네.

나 대면한다기보다 해야지 어쩌겠어, 같은 거지 뭐. 근데 있잖아. 예전에 내가 술 마실 때랑 지금이랑 좀 달라진 게 있어?

너 음……. 좀 더 자연스러워진 것 같아. 안정적으로 느껴진달까. 예전에는 뜬금없이 막 웃었어.

나 하하하. 그거 취해서 그랬던 거야. 나 취하면 쓸데없이 엄청 웃거든. 너도 느꼈구나.

너 응. 애가 갑자기 웃네, 싶었지.

나 하하하. 지금도 갑자기 웃는데, 나?

너 지금은 뜬금없지 않아, 하핫.

시계를 보니 세 시간이 훌쩍 지나 있다. 슬슬 헤어져야 할 시간. 시모기타자와역으로 향하는 길에는 비가 내리고 있다. 우산도 없이 머리 위로 떨어지는 묵직한 빗줄기를 맞으면서 둘은 끊임없이 떠든다.

늦은 시간임에도 거리에는 취기로 얼굴이 붉어진 사람들, 큰 소리로 농담하는 청년들, 건물 앞에 쪼그리고 앉아 스마트폰을 들여다보는 소녀들이 보인다. 도쿄에서의 마지막 밤이 저물어 간다.

어느새 지하철역에 도착한 두 사람은 며칠 뒤에 또 볼 사람처럼 손을 흔든다.

다음 날, 둘은 각자의 도시에서 문자를 주고받는다.

나 나 어제 너랑 이야기한 걸 글로 한번 써 보고 싶어. 정리가 된다면, 글로 써서 책에 실어도 될까? 불편하다면 꼭 얘기해 줘. 나 지금 허락받는 거야.

답장이 도착한다.

너 나, 오늘 친구랑 외로움에 대해 이야길 했거든. 근데 그 이야기가 어제 네가 한 말이랑 연결이 되더라. 혼자 보내는 시간을 통해 자신과 마주하게 됐다는 말 말야.

외로운 시간을 통해 나를 마주하고, 그 시간을 거쳐

내가 원하는 걸 알게 된다면, 나도 언젠가 외로움을
사랑하게 될까.
나도 너처럼 나와 마주하는 시간을 갖고, 나를 알아
가면서 외로움을 사랑하고 싶어졌어.
고마워.

짜아식 뜨겁네. 질문엔 대답도 안 하고.

나　응원할게. 담에 만나면 이야기 들려줘. 나도 고마워.

이다음에 둘은 또 어떤 이야기를 나누게 될까.
잘 지내고 있어라, 친구야.

하루에 하나, 나에게 선물

°°°

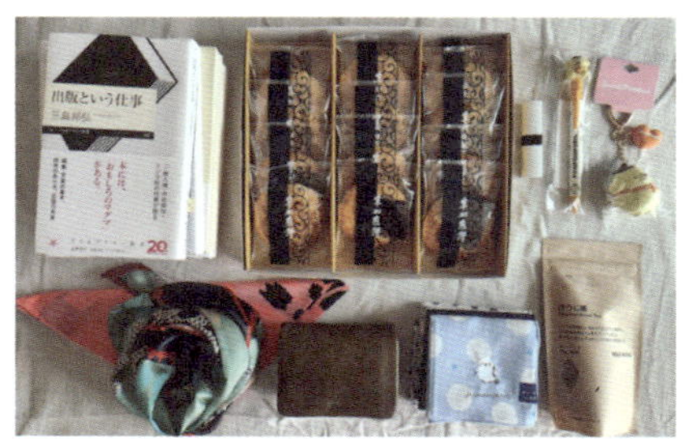

언젠가 또 한 번의 도쿄 여행을 마치고 정신과 진료를 받으러 갔을 때의 이야기.

  - 여행에서 뭐 하셨어요?

  - 친구들 선물 샀어요.

  - 와. 만나서 나눠 주셨겠네요?

  - 아니요. 안 만나서 집에 그대로 있어요.

  - 아……. 만나서 여행 이야기도 나누시고 그러면 좋겠네요. 친구분들도 고마워할 거예요.

  - 네……. 곧 그러려고요.

하지만 만나지 않았다. 사 온 선물은 한참 그대로 뒀다가 엉뚱한 사람에게 나눠 주었다.

여행할 때 나를 위한 물건보다 주변 사람들 선물을 더 많이 사는데, 선생님 역시 그 부분을 체크하는 눈치였다. 나는 멀리 가서도 사람들의 인정과 칭찬을 기대하는 것인가. 나의 여행은 결국 누군가를 생각하며 걸음을 옮기는 일일까.

글쓰기 수업을 할 때 종종 수강생들에게 죽기 전에 꼭 해 보고 싶은 일을 물어본다. 그다지 거창하지 않은 답변을 마주할 때마다 되묻는다. "그건 지금 해도 되지 않아요?"

그 말에 모두가 웃고, 나 역시 웃어넘기지만 내 처지드 비슷하다는 걸 안다. 별것도 아닌 일을 목숨까지 걸어 가며 기다리고 있다. 대체 왜? 뭘 위해서?

배우 황정민은 쉰 살이 되던 해에 오랫동안 피워 온 담배를 끊었다고 한다. 어떻게 그런 결심을 했냐는 지인의 질문에 이렇게 대답했다고.

- 쉰 살이 된 나에게 주는 선물이야.

언젠가 쉰 살이 되면 나는 나에게 무슨 선물을 할 수 있을까. 꼭 물건이 아니더라도 죽을 때까지 간직할 만한 무언가를 선물하고 싶은데. 아니, 잠깐만. 또 이런다. 쉰 살까지 기다릴 게 뭐야. 지금이라도 선물하면 되잖아.

그런 의미에서 이번 여행에서 남몰래 세운 계획 하나가 있다. 도쿄에 머무는 동안 매일 나에게 하나씩 선물을 하기로 한 것이다. 여행하면서 좋은 것을 발견하면 구차한 변명 없이 나에게 사 주기로. 먹고 마시는 것 제외. 보고 경험하는 것 제외. 생필품 제외. 당장 사지 않아도 지장 없는 아름다운 물건, 손에 쥐어 고운 감촉을 느낄 수 있거나 일상으로 돌아가서도 기분 좋게 사용할 수 있는 것들로 선물하자. 통장 잔고를 떠올리며 계산기를 두드리는 일만큼은 관두자. 오늘부터 일주일간 나는 나에게 매일 하나의 선물을 받는다.

집으로 돌아갈 짐을 정리하는 여행의 마지막 밤. 가방 안에는 이번 여행에서 나에게 받은 선물이 가득 담겨 있다.

스카프 두 장 - 김포공항 면세점에서

립스틱 하나 - 하네다공항 면세점에서

손수건 다섯 장 - 긴자 로프트에서

올리브그린색 가죽 지갑 - 긴자 겐텐에서

책 여덟 권 - 마루젠, 시부야퍼블리싱앤드북셀러즈에서

센베 선물 세트 - 아사쿠사 나카무라야에서

호지차 한 팩 - 긴자 무인양품에서

여행 오기 전, 친언니와 차를 타고 가다가 동네 근처에 완공된 고층 아파트 단지를 지나쳤다. 하늘에 닿을 듯 뻗어 있는 신축 아파트를 올려다보며 무심코 중얼거렸다.

- 와. 좋겠다. 나도 새 집에서 살고 싶다.

- 한 번 가 봐. 단지가 어떤지도 구경하고.

- 봐서 뭐 해. 이사 갈 수도 없는데. 내 집도 아니고.

- 그래도 구경하는 거지 뭐. 나중에 이런 데 살면 좋겠다, 상상도 해 보고.

내 상황 다 알면서 태평한 이야기를 하는 것 같아 한숨 섞인 웃음을 흘리자 언니가 말했다.

- 돈이 없어도 좋아하는 건 할 수 있어. 형편이 안 돼도 좋은 거 보고, 경험해도 돼. 내가 가진 돈에 하고 싶은 걸 맞추면 삶이 궁색해져. 좋다고 느끼는 것에 대해서는 주저하지 마.

오래오래 기억하고 싶은 말이었다.

보통의 일상에서도 나에게 무언가를 선물하면서 지내
야겠다. 딱히 잘한 거 없어도, 축하할 일 없어도 아주 가끔씩,
불쑥, 하나씩, 나에게 상냥하게.

공항으로 끌고 갈 캐리어 무게가 만만치 않다. 현재 나의
가장 큰 짐은 이 가방이 분명하다.

내 향 인 혼 자 여 행

。
。

언제인가부터 혼자 하는 여행이 더 좋아졌다. 혼자 사는 사람에게도 혼자만의 시간이 필요하다.

일 년에 한두 번 떠나면 감지덕지하는 여행에서는 신경 쓰이는 요소를 최대한 배제하고 싶다. 아무리 편한 사이여도 나 아닌 생명체가 가까이 있으면 쉽게 긴장하는 성격. 어렸을 때부터 있었던, 남의 안색을 살피고 눈치 보는 습관은 여전히 남아 있어서 누군가와 함께할 때는 남들보다 더 많은 에너지를 쓴다. 개와 살고 나서부터는 개 눈치도 본다.

내향인이라면 다들 비슷하지 않을까. 흔히 사회성이 없다는 말로 놀림당하지만 표현을 안 할 뿐 주변의 사람들을 세심하게 신경 쓰고 배려한다. 그러느라 쓰는 에너지가 많아서 쉽게 지치기에 인간관계나 새로운 경험을 즐기지 않는 것처럼 보일지 몰라도 사람을 싫어하지도, 여행을 싫어하지도 않는다.

결혼해 가정을 꾸린 친구들이 생겼고, 각자 자기 일에 분주해 함께 떠나기가 쉽지 않게 됐다. 그 이유로 어쩔 수 없이 혼자 떠난 여행에서 오히려 좋아하는 것들을 많이 만났다.

혼자 조용히 밥 먹을 수 있는 식당.

멍 때릴 만한 카페와 공원.

음식을 싸 와서 늘어놓고 먹을 수 있는 숙소.

말수 적고 세심한 점원이 있는 가게.

느긋하게 산책하거나 조용히 달리고 싶은 길.

이 모든 걸 내 속도대로 하기 위해서는 혼자가 좋다. 혼자 떠난 여행에서 혼자 걷고 혼자 먹고 혼자 잠드는 시간은 촉감을 쓰다듬고 싶을 정도로 소중하다. 보고 싶은 것, 가고 싶은 곳을 탄탄하게 계획해 떠나기도 하지만, 낯선 숙소에 하룻밤 머물며 숙소 주변만 산책하고 돌아올 때도 있다.

천천히 걸으면서 머릿속에 떠오르는 생각은 그저 흐르게 내버려둔다. 속으로 혼잣말도 하고, 그러다 공상이 점점 커져 엉뚱한 상상으로 이어질 때도 있다.

하지만 많은 시간은 아무 생각 없이 걸으며, 눈에 들어오는 것들을 스치듯 구경한다. 아스팔트 길 중간에 문득 나타나는 바위가 깔린 골목길. 일찌감치 영업을 종료한 동네 가게들. 길거리 가드레일에 걸터앉아 음료수를 마시며 대화를 나누는 사람들. 아이를 뒤에 태우고 자전거를 타고 달리는 어른. 모퉁이에 무심하게 피어있는 풀꽃. 오래된 휴지통과 우체통. 평범한 무엇 하나 나 사는 곳과 같은 게 없다는 사실에 떠나왔음을 실감한다.

혼자 여행하다 보면 평소에는 신경 쓴 적 없는 내 걸음걸이, 피부 위로 흐르는 땀, 배고파지는 속도, 이상하게 불안해지는 시간대 같은 게 살갗으로 느껴진다. 일상을 살면서 묵살하기 일쑤였던 순간들을 캐치해 그때그때 해결책을 마련한다.

여행은 내 몸과 마음의 사계절을 마주하는 일이다. 모든 시간의 중심에 나를 두는 일이다.

여행은 시간을 사는 것.

방향을 결정하는 것.

스스로 선택하고, 결과를 책임지는 며칠.

일 년에 딱 한 번, 자기중심적이 되는 날들.

주저 없이 예와 아니오를 마음속으로 외치며 걷는 시간.

머지않아 또 도쿄에 오게 될 것 같다.

혼자서, 유유히.

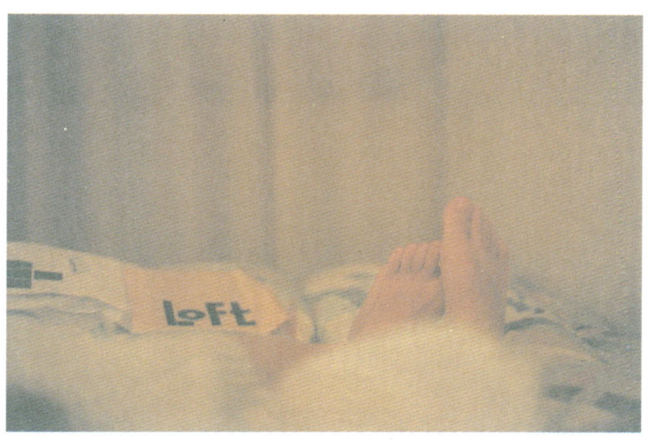

나의 여행엔 나의 결핍이 있다.

나의 갈망과 망설임, 후회와 미련이 있다.

낯선 땅으로 향할 때 그들도 함께 여행길에 오른다.

여행하는 도중에도 불쑥 끼어든다.

나 여기 있어. 잊었어? 하면서.

혼자 하는 여행일수록 그들은 더욱 자주 출몰하면서

내가 어떤 사람인지 알려 준다.

집에 올 때도 같이 온다.

여행 언제 또 가?

나 또 따라갈 거다? 하면서.

얄밉게.

따라오지 말라고 해 봤자 헛수고다.

그래 봤자 따라오니까.

새로운 여정을 앞두고 짐을 싸기 위해 여행 가방을 열면,

그들은 이미 들어가 있다.

여행 갈 때마다

내가 무슨 생각으로 이걸 들고 왔지?

앗, 그걸 안 챙겼네! 가 따라오는 이유다.

여행을 마치고 나서

아, 거길 못 갔네!

내가 대체 왜 그랬지? 가 반복되는 이유다.

ROCK SOUL BLUES BAR
WHO
zuma
GOOTH
たちばな
診療室
BAR
マツシゲリ

나의 여행은 나라는 사람이 하는 것.

내가 품은 모든 것과 같이 갔다, 같이 돌아오는 것.

모든 여행은 나라서 가능한 시간이다.

드라마 〈은중과 상연〉에서 은중은

끝이 정해진 여행을 앞둔 상연에게 말한다.

– 여행이 뭔지 알지? 떠났다 돌아오는 거야.

여행은 떠났다 돌아오는 것.

돌아올 곳이 있어서 떠날 마음이 나는 것.

여행이 끝나자마자 서둘러 개를 데리러 간다.

격하게 꼬리를 흔들며 달려오는 나의 강아지.

꼬질꼬질하고 시큼한 털뭉치를 품에 안으며 생각한다.

드디어 집에 왔구나.

내
향
인
의

도
쿄

발행일 2025년 12월 19일 초판 1쇄

지은이 김신회
펴낸곳 여름사람
편집 윤정아 여수진
디자인 형태와내용사이
제작 영신사

출판등록 2023년 2월 20일 제2023-000081호
이메일 taipeik@gmail.com

ISBN 979-11-983343-6-7 (03810)